Der kecke Knappe und sein König

© Jim Yates

Gerald Morris wurde in Riverdale, Kalifornien, geboren und lebt heute zusammen mit seiner Frau und drei Kindern in Norman, Oklahoma. Wenn er nicht gerade Bücher über Artus und die Ritter der Tafelrunde schreibt, unterrichtet er, liest oder backt Cremetorten.

Gerald Morris

Der kecke Knappe und sein König

Aus dem Amerikanischen von
Gabriele Haefs

CARLSEN

Veröffentlicht im Carlsen Verlag
Juli 2003

Published by special arrangement with
Houghton Mifflin Company, Boston
Originaltitel: »The Squire's Tale«

Umschlagbild: Dieter Wiesmüller
Umschlaggestaltung: Doris K. Künster/Britta Lembke
Corporate Design Taschenbuch: Dörte Dosse
Druck und Bindung: Elsnerdruck, Berlin
ISBN 3-551-35266-6
Printed in Germany

Für Rebecca,
aus mehr Gründen, als ich hier nennen kann
G. M.

SCHOTTLAND
N
Insel Anglesey
Holyhead
Wildnis von Wirral
Chester
Caernarvon
York
Lincoln
Nottingham
WALES
ENGLAND
Oxford
London
Camelot
Cornwall

Inhalt

Terence 9
Am Hof von König Artus 26
Die Fünf Könige 48
Ein Hirsch, ein Hund und eine überaus hässliche Frau 64
Ritterfahrt 75
Marhault und Morgane 97
Alisoun, die Blutrünstige 120
Pelleas, der Narr 138
Nimue 157
Ganscotters Burg 174
Galatine 197
Die Zauberin 214
Nachwort 237

TERENCE

Terence kroch durch den Wald und schaute sich dabei unruhig immer wieder um. Er war ein schlanker, lebhafter Junge von vielleicht vierzehn Jahren – ganz genau kannte er sein Alter nicht – und bewegte sich mit erstaunlicher Leichtigkeit zwischen den Dornen. Er stromerte im Wald umher, seit er Laufen gelernt hatte, denn dort suchte er die Zutaten zu den Mahlzeiten für den Einsiedler. An diesem Tag jedoch kam ihm der Wald, der immer sein Freund gewesen war, seltsam abweisend vor.

Er hatte seine Fallen überprüfen wollen, doch kaum hatte er den Wald betreten, waren merkwürdige Dinge passiert. Als Erstes war er über einen uralten Baumstumpf gestolpert, der sich mitten auf einem Pfad breit machte, der am Vortag noch frei und unverwehrt gewesen war. Als Terence sich aufrappelte und den Baumstumpf untersuchen wollte, war dieser verschwunden. Und der Wind, der die Bäume zum Rascheln brachte, klang auf unerklärliche Weise wie ein schadenfrohes Kichern.

Einige Schritte weiter auf dem Pfad entdeckte Terence ein Gesicht. Es war ganz und gar grün und umkränzt von einer wilden Mähne, die aus Blättern und

Gräsern zu bestehen schien, doch es war einwandfrei ein Gesicht; ein kleines, dreieckiges, boshaft lachendes Gesicht, das gleich darauf verschwunden war. Terence starrte die Stelle an, an der das Gesicht erschienen war, dann rannte er in die entgegengesetzte Richtung fort. Der ganze Nachmittag war beängstigend gewesen! Eine altvertraute Eiche hatte einen neuen Zweig, der zu Boden fiel, als Terence ihn berührte, und dann wie eine Schlange davonglitt. Ein Eichhörnchen saß auf einem großen Stein am Wegesrand und trillerte wie eine Nachtigall. Eine Schildkröte lief hasenschnell an ihm vorbei. Und überall hörte er dieses boshafte Kichern und sah das kleine grüne Gesicht.

Terences Angst wuchs mit jeder Minute. Als er sich einmal unsicher umsah, stieß er mit einem Baum zusammen. Hinter ihm kicherte ein munteres Stimmchen und sagte: »Ho, ho, mein Kleiner. Und das war ich nicht einmal.«

Terence jagte davon wie gehetzt, aber das grinsende Gesicht folgte ihm überall hin. Endlich stolperte er auf eine kleine Lichtung mitten im Wald, und die Stimme sagte: »Na also, hier bist du richtig. Und wir sind jetzt erst einmal fertig miteinander.« Und sofort spürte Terence, wie dieses unheimliche Wesen sich zurückzog. Der Wald war mit einem Schlag wieder ruhig, freundlich und auf angenehme Weise langweilig. Er holte tief Atem und schaute sich um.

Unter einer hoch gewachsenen Eiche mitten auf der Lichtung lag der größte Mann, den Terence jemals gesehen hatte. Hinter ihm grasten drei riesige Pferde und neben ihm lagen vor einem schwelenden Feuer einige Kaninchenknochen. Eine zerrissene Schlinge, eine von denen, die Terence ausgelegt hatte, lag in der Nähe. Terence blieb zögernd am Rand der Lichtung stehen.

»Gehört die Schlinge dir, mein Junge?«, fragte der Fremde, ohne die Augen zu öffnen.

Terence fuhr zusammen, sagte dann aber: »Ja, Sir.«

»Mit einem Bogen könntest du größere Beute erjagen, aber ich will mich nicht beklagen. Eine Mahlzeit ist eine Mahlzeit.« Der Mann hatte sich noch immer nicht bewegt.

»Ja, Sir.« Terence fiel keine andere Antwort ein.

»Komm her, mein Junge.« Als er das sagte, setzte der Mann sich auf und Terence sah sein Gesicht. Er war überraschend jung, vielleicht nur fünf oder sechs Jahre älter als Terence selber. Sein roter Bart war noch ziemlich dünn. Er winkte Terence zu sich und hob einen gekrümmten Stab, an dessen beiden Enden eine Schnur befestigt war, und einige kürzere Stäbchen auf. Das alles reichte er Terence. »Ich bin dir für das Kaninchen etwas schuldig. Wärst du hiermit zufrieden?«

Terence nahm die Holzstücke ungeschickt in Empfang und der Mann kniff die Augen zusammen. »Hast du noch nie einen Bogen gesehen?«

»Nein, Sir.«

Der Mann starrte ihn an und nahm Terence dann den gekrümmten Stab wieder ab. Mit einer raschen Bewegung legte er eines der kurzen Stäbchen auf die

Schnur, zog sie zurück und ließ sie los. Der kleine Stab flog über die Lichtung und blieb zitternd in einem Baumstumpf stecken. Terence machte große Augen, und der Mann musterte ihn aufmerksam. »Du hast so was wirklich noch nie gesehen, oder?«

Terence schüttelte stumm vor Staunen den Kopf.

»Woher kommst du, mein Junge?«

»Ich wohne hier bei dem Einsiedler«, sagte er.

»Bei einem Einsiedler? Einem frommen Mann?«

Terence nickte.

»Großer Gott, mein Sohn, warum?«

»Meine Eltern haben mich als kleines Kind auf seine Türschwelle gelegt. Er hat mich großgezogen.« Der Mann schaute Terence nachdenklich an und Terence fügte hinzu: »Ich gehe für ihn auf die Jagd und koche für ihn.«

»Wenn du auf Jagd gehst, dann musst du lernen, mit einem Bogen umzugehen. Ich zeig es dir. So hältst du ihn.« Während der nächsten drei Stunden lernte Terence, wie er den Bogen halten musste, wie Pfeile angelegt wurden, wie die Schnur angezogen und losgelassen wurde, er lernte zielen und er lernte, wie Bogen und Schnur gepflegt wurden. Der Fremde war ein strenger, aber geduldiger Lehrer, der Terence zwar sofort für seine Fehler tadelte, der aber auch ein mürrisches Lob grunzte, wenn Terence etwas richtig machte. Am frühen Abend war Terence davon überzeugt, dass er mit einem Bogen niemals eine Beute treffen würde, aber zu seiner Überraschung sagte der

Mann: »Du bist ein Naturtalent, mein Sohn. Ich habe noch niemanden so schnell lernen sehen. Bald wirst du rennende Kaninchen treffen können.«

Der große Mann suchte seine Ausrüstung zusammen und machte sich bereit zum Aufbruch. »Bitte, Sir«, stammelte Terence. »Danke.«

Der Mann lächelte freundlich. »War mir ein Vergnügen, Knabe. Und außerdem kann ich Schlingen nicht leiden.«

»Es ist spät, Sir«, sagte Terence jetzt. »Wollt Ihr nicht in der Einsiedelei übernachten? Ich koche Euch ein Abendessen.«

»Bei einem frommen Einsiedler speisen?« Der Mann grinste wehmütig. »Was würde meine Mutter wohl dazu sagen?«, aber gleich darauf nickte er. »Na gut, Knabe. Zeig mir den Weg.« Er stieß einen leisen Pfiff aus und die Pferde trotteten zu ihm herüber. Der Mann sattelte das größte, einen riesigen Rappen mit boshaftem Blick. Dann belud er die beiden anderen.

Terence sah ein funkelndes Panzerhemd. »Um Himmels willen, Sir. Seid Ihr ein Ritter?«

Der Mann grinste. »Noch nicht, aber ich will einer werden, wenn der König damit einverstanden ist.«

»Welcher König?«, fragte Terence. Damals konnte sich jeder Adelige, der Land genug besaß, als König bezeichnen.

»König Artus, Knabe. Der wahre König.«

Terence starrte ihn an. »Und seid Ihr jetzt zu ihm unterwegs, Sir? Zu König Artus?«

»Nein. Ich bin unterwegs zu einer armseligen Einsiedelei, wo mir ein armseliger Bengel mein Essen kochen wird. Also, zeig den Weg, Junge.«

Es dauert seine Zeit, bis Terence auf einem der Packpferde saß, denn als Reiter hatte er ebenso wenig Erfahrung gesammelt wie als Bogenschütze, aber endlich ritten sie dann los. Terence stellte zu seiner Erleichterung fest, dass sein Pferd keinerlei Befehle von ihm erwartete, sondern daran gewöhnt war, einfach dem Leitpferd zu folgen. Der große Mann ritt vorneweg, während Terence ihm die Richtungsanweisungen zurief.

Als sie sich der Einsiedelei näherten, sagte Terence: »Der Einsiedler heißt eigentlich Trevisant, Sir, aber die meisten ...«

Er verstummte. Neben einer schlanken Buche, keine zwei Meter links von Terence, stand eine kleine, zarte Gestalt, die Terence über einen Spitzbart hinweg freundlich anlächelte. Die Gestalt nahm höflich ihre Mütze ab, dann war sie verschwunden und hinterließ nur eine winzige grüne Rauchwolke, die durch die Zweige hochstieg. Terence keuchte auf.

»Was ist los, Knabe?« Der große Mann hielt wie durch ein Wunder ein Schwert in der Hand.

Terence schluckte und sagte: »Nichts. Sir. Tut mir Leid, Sir.«

Die Blicke des Mannes folgten denen von Terence zu der Buche, doch er sagte nur: »Na gut.«

Als sie sich der Klause näherten, wartete der Einsiedler schon auf sie. Er streckte dem Fremden seine Arme entgegen. »Willkommen, Sir Gawain, Ritter der Jungfrauen.«

Der Mann starrte ihn an: »Hä?«

»Ach, sicher, Ihr habt ja Recht. Ich bin mir schon wieder voraus, was?«, fragte der Einsiedler, wie um sich zu entschuldigen. »So weit ist es noch nicht.«

Terence bedauerte, den großen Mann nicht gewarnt zu haben. Er bemerkte die Eigenheiten des Einsiedlers kaum noch, aber er konnte sich durchaus vorstellen, dass sie einen Fremden verwirren konnten. Trevisant, der Einsiedler des Sanften Waldes, war vor vielen Jahren mit einer ganz besonderen Gabe bedacht worden. Während die meisten anderen Menschen sich an die Vergangenheit erinnern und die Zukunft nur raten können, sah Trevisant die Zukunft klar vor sich, hatte aber nur noch einige wenige nebelhafte Erinnerungen an die Vergangenheit. Und jetzt, wo er älter wurde – manche behaupteten, er sei schon über hundert Jahre alt, aber natürlich konnte Trevisant nichts dazu sagen –, hatte sein Gedächtnis arg nachgelassen, und oft vergaß er sogar die Zukunft. Einmal hatte Terence, als er zum dritten Mal am selben Tag dem Einsiedler bei der Suche nach einem verlegten Gegenstand half, gesagt, diese große Gabe Gottes könne manchmal auch eine arge Plage sein. Der Einsiedler hatte gelacht und erwidert: »Das gilt für alle, Terence. Das gilt für alle.«

»Tretet ein, tretet ein, Sir Gawain«, sagte der

Einsiedler derweil munter. »Terence, ich habe deine Kleider schon gepackt, darum brauchst du dich nicht mehr zu kümmern. Du kannst dir ja meine Überraschung vorstellen, als mir aufging, dass du mich heute verlassen wirst. Ich muss es ja gewusst haben, aber es war mir entfallen.«

»Ich werde Euch verlassen?« Terence starrte ihn an.

»Sir Gawain, Ihr könnt Eure Pferde hinter dem Haus an dem vom Blitz getroffenen Baum anbinden.«

Der Fremde musterte ihn mit seltsamer Miene, sagte aber nur: »Danke, Sir.«

»Da steht doch kein vom Blitz getroffener Baum«, sagte Terence.

»Ist das noch nicht passiert? Na, wo stellen wir denn sonst Pferde unter, das möchte ich wirklich wissen.« Der Einsiedler runzelte die Stirn.

»Wir haben doch einen Schuppen«, sagte Terence.

»Was denn, der Schuppen steht noch?«, rief der Einsiedler. »Dann bringt Eure Pferde in den Schuppen. Terence, du solltest jetzt mit Kochen anfangen.«

Terence ging ins Haus. Er hätte den Einsiedler gern gefragt, wieso der behauptet hatte, Terence werde ihn verlassen, aber der alte Mann war verschwunden.

Terence mischte gerade Gewürze und gab etwas Gemüse in den deftigen Eintopf, als der große Mann die Hütte wieder betrat.

»Hallo, Knabe«, sagte er. »Das duftet ja schon betörend. Wie machst du das?«

Terence grinste und sagte: »Das habe ich mir selbst

beibringen müssen. Der Einsiedler kann nicht kochen, wisst Ihr.«

Noch ehe der Gast etwas dazu sagen konnte, kam der Einsiedler zurück, er trug eine hirschlederne Tasche in der Hand. »Sei nicht albern, Terence. Was glaubst du wohl, was ich gemacht habe, als du noch nicht bei mir warst, he?«

Terence grinste. »Das habe ich mich schon oft gefragt, Sir. Was denn?«

»Na, du kannst ja wohl nicht verlangen, dass ich das noch weiß, oder?« Mit sanfterer Stimme fügte er hinzu: »Mach dir meinetwegen keine Sorgen, mein Sohn. Für mich wird gesorgt werden, wenn du mich verlassen hast. Glaub mir. Ich weiß es.«

»Aber, Sir«, sagte Terence. »Ich verlasse Euch doch nicht.«

»Was? Weißt du das denn noch nicht?«

»Was denn, Sir?«

»Ach, Sir Gawain wird dich zu seinem Knappen machen.«

Terence runzelte die Stirn und sah den großen Mann an. »Seid Ihr Sir Gawain, Sir?«

»Nicht doch, Knabe. Nur Gawain. Ich bin noch nicht zum Ritter geschlagen worden, das weißt du doch.«

»Was? Ihr seid noch nicht einmal zum Ritter geschlagen worden?«, rief der Einsiedler. »Ich bin heute wirklich arg durcheinander, nicht wahr? Na, macht Euch deshalb keine Sorgen. Wenn Artus die Sache mit Sir Hautubris erfährt, dann wird er das schnell genug nachholen.«

»Sir Wie?«, fragte Gawain.

»Hautubris. Nein, nein. Keine Fragen. Nur Geduld.«

»Milord«, sagte Terence – einfach »Sir« zu sagen kam ihm nicht mehr höflich genug vor – »Ihr müsst wissen, dass der Einsiedler die Zeit rückwärts sieht. Er sieht die Zukunft so, wie wir die Vergangenheit sehen, und die Vergangenheit so, wie wir die Zukunft sehen.«

Gawain schaute den Einsiedler nachdenklich an und sagte: »Das hört sich wie ein grauenhafter Fluch an, Sir.«

»Ach, es hat auch seine guten Seiten«, erwiderte der Einsiedler mit kurzem Lächeln.

Einige Minuten später stellte Terence drei dampfende Schalen voller Eintopf auf den kahlen Holztisch. Der Einsiedler sprach ein Tischgebet und alle drei machten sich gierig über das Essen her. Als nichts mehr übrig war, schob Gawain seinen Schemel zurück an die Wand und sagte: »Vater, ich muss Euch wegen meiner Zukunft widersprechen.«

»Nennt mich nicht Vater«, erwiderte der Einsiedler freundlich. »Ich bin kein Priester.«

»Na gut. Dennoch …«

»Und es hat keinen Sinn, mir in Fragen der Zukunft zu widersprechen. Dabei werdet Ihr immer den Kürzeren ziehen. Ihr wolltet gerade sagen, dass Ihr bereits einen Knappen habt, nicht wahr?«

»Genau. Mein Bruder …«

»Erzählt mir nichts über Gaheris. Der ist ein Tolpatsch, Sir Gawain. Und Ihr wisst das genau.«

»Sir«, Gawain holte tief Luft.

»Könnt Ihr abstreiten, dass Gaheris ein Tolpatsch ist?«

Widerstrebend lächelte Gawain. »Nein, Sir, aber er ist mein Bruder.«

»Guter Gott«, sagte der Einsiedler und schüttelte verwundert den Kopf. »Wenn ich an die Banlieu-Sache denke, dann weiß ich wirklich nicht, wo dieser Junge seinen Verstand hinterlassen hat.«

»An welche Sache?« Gawain beugte sich vor, seine Augen leuchteten.

»Ach, hätte ich das nicht sagen sollen? Na, diese kleine Geschichte muss ich einfach erzählen. Gaheris sagt also diesem Ritter, Sir Banlieu, dass er mit jedem lebenden Mann kämpfen will, dass er aber niemals sein Schwert gegen einen Frauenrock erheben werde – oder etwas in der Art. Ihr wisst doch, wie er so redet.«

»Ja, das klingt typisch für ihn«, sagte Gawain mit einem Funkeln in den Augen.

»Und deshalb erscheint Sir Banlieu in einem Rock, den er bei irgendeiner Dame geliehen hat, zu diesem Zweikampf.«

»Ich wüsste ja gern, woher er den hatte«, fiel Gawain ihm ins Wort.

»Auch das könnte ich Euch verraten, aber ich sehe schon, dass das keine gute Idee wäre. Also, Gaheris will nicht kämpfen. Banlieu wirft ihn im Handumdrehen aus dem Sattel und tunkt ihn in die Pferdetränke.«

»Was für eine Unverschämtheit«, sagte Gawain voller Bewunderung.

Der Einsiedler erzählte weiter: »Egal, abgesehen von Gaheris' Torheit glaubt Ihr doch wohl nicht, dass er Euch jemals eine solche Mahlzeit kochen könnte, oder?«

Gawain musterte Terence amüsiert. »Nein, das könnte er wirklich nicht.«

»Damit ist die Sache geklärt«, sagte der Einsiedler. »Großer Gott, Sir Gawain, wenn ich mir überlege, was Ihr und Terence alles durchmachen müsst, dann verstehe ich nicht, wie Ihr auch nur einen Moment zögern könnt. Denkt doch nur an die Shaughuses! Aber das könnt Ihr nicht, oder?«

»Die giftigen Aale?«, fragte Gawain. »Was ist damit?«

»Nein, nein. Ich bin kein geldgieriger Wahrsager. Ihr werdet es noch früh genug erfahren.« Gawain schaute Terence einen Moment lang stirnrunzelnd an und der Einsiedler fügte mit sanfterer Stimme hinzu: »Es geht hier nicht nur um Euch, mein Sohn. Auch Terence hat seine Aufgaben zu erfüllen. Er braucht Euch ebenso, wie Ihr ihn braucht.«

Gawains Stirnrunzeln verschwand und er nickte. »Na, was sagst du, Knabe? Wärst du gern mein Knappe?«

Terence blickte den Einsiedler fragend an.

»Ich habe es doch schon gesagt, mein Sohn. Um mich brauchst du dir keine Sorgen zu machen.« Trevisant lächelte ihn an. »Aber Gott segne dich dafür, dass du an mich denkst.«

Terence schaute nun wieder Gawain an und sagte: »Ja, Milord, ich glaube schon.«

»Ich werde dir alles beibringen müssen, nicht wahr?«, fragte Gawain. »Du kannst ja nicht einmal reiten.«

»Nein, Milord. Aber das kann ich lernen.«

»Ja, das habe ich gesehen«, stimmte Gawain zu. »Also, wir brechen morgen auf.«

Draußen waren Pferdehufe zu hören und eine laute, grobe Stimme rief: »He, ihr da im Haus!«

Terence wollte aufspringen, doch Trevisant legte ihm eine Hand auf den Arm und schüttelte den Kopf. »Ihr geht«, sagte er zu Gawain.

Gawain nickte und öffnete die Tür. Draußen wurde es schon dunkel, aber Terence konnte doch einen Ritter erkennen, der in voller Rüstung auf seinem Pferd saß.

»Kann ich Euch behilflich sein?«, fragte Gawain höflich.

»Ich muss essen. Ich rieche eure Mahlzeit jetzt schon seit zwanzig Minuten und ich will etwas abhaben.«

»Tut mir wirklich Leid«, sagte Gawain, »aber wir haben alles aufgegessen. Terence«, rief er ins Haus hinein, »haben wir irgendetwas anderes, was wir diesem hungrigen Ritter geben könnten?«

»Ich will nichts anderes, mein guter Mann«, sagte der Ritter. »Ich glaube dir nämlich nicht. Ich kann das Essen doch immer noch riechen.«

Gawain streckte die Hand über den Tisch aus und schnappte sich den Kochtopf. Er hielt ihn dem Ritter vor die Nase. »Wie Ihr seht, Sir, ist der Topf leer.«

»Was ist das für eine Unverschämtheit, du Flegel«, schrie der Ritter. »Du kriegst gleich meine Peitsche zu spüren!«

Gawain zuckte mit den Schultern, dann sprang er zwei Schritte vor. Er setzte einen Fuß in einen Steigbügel des Pferdes, zog sich hoch und der Ritter ging auf der anderen Pferdeseite klirrend zu Boden. Fluchend kam er mühsam und weiterhin klirrend wieder auf die Beine.

»Das«, sagte Gawain, »war nun allerdings unverschämt.«

»Dafür wirst du bezahlen, du Schurke«, fauchte der Ritter. »Kein Flegel aus dem Forst legt ungestraft Hand an Sir Hautubris.«

»An Sir Wie?«, fragte Gawain mit scharfer Stimme. Er schaute zu dem Einsiedler hinüber, der in die Tür getreten war.

»Ja, ja. Das ist er. Hüte deinen Kopf«, sagte der Einsiedler.

Sir Hautubris riss sein Schwert aus der Scheide und wollte Gawains Kopf einen gewaltigen Schlag verpassen. Der wich gewandt zur Seite aus, und das Schwert bohrte sich neben ihm in den Boden. Gawain schlug nun mit dem Kochtopf auf Sir Hautubris' Helm. Das Visier öffnete sich mit lautem Klappern.

»Mach dich auf den Tod gefasst, Spitzbube«, schrie Sir Hautubris und holte abermals aus. Gawain wich wieder zur Seite, und das Schwert bohrte sich ein zweites Mal in den Boden. Und Gawain schlug nun mit dem Kochtopf gegen die andere Seite von Sir Hautubris' Helm. Der Helm drehte sich nach links und nur noch die Nase des wütenden Ritters war zu sehen.

»Verdammt, wo steckst du?«, brüllte Sir Hautubris. Er schwenkte sein Schwert und drehte sich damit einmal um sich selber.

»Passt auf, Trottel!«, schrie Gawain. »Sonst trefft Ihr Euer Pferd.« Gawain sprang vor und riss seinem Gegner das Schwert aus der Hand. »So eine Waffe kann man Euch wirklich nicht anvertrauen«, sagte er dann.

Für einen Moment stand Sir Hautubris schwankend vor der Hütte und rückte seinen Helm gerade, um wieder sehen zu können. Gawain drehte sich um und Sir Hautubris stolperte zurück zu seinem Pferd. Terence atmete erleichtert auf, doch schnappte dann nach Luft, weil Sir Hautubris aus einer Tasche am Sattel ein weiteres Schwert gezogen hatte und Gawain damit von hinten angriff. Terence wollte einen Warnruf ausstoßen, aber Gawain war schneller.

Zwei Schwerter funkelten auf, dann lag Sir Hautubris am Boden, sein eigenes Schwert ragte aus seiner Brust.

»Wenn ich alle umbringen muss, die dein Essen riechen, Knabe, dann werden wir viel zu tun haben«, sagte Gawain.

Terence weinte, als er von dem Einsiedler Abschied nahm. Gawain wartete geduldig und gelassen, während Terence den alten Mann umarmte und unter Tränen küsste. Trevisant flüsterte ihm ins Ohr: »Das ist das Schöne daran, wenn man die Zeit so sieht wie ich: Man bedauert nichts«, und schob ihn sanft von sich weg. »Und jetzt«, sagte er zu Gawain, »ich habe Euch noch keine Wohltat erwiesen, oder?«

Verwirrt schüttelte Gawain den Kopf.

»Na, dann kommt her.« Gawain trat vor. »Hinknien, mein Junge. Und Ihr kniet hier vor mehr, als Ihr ahnen könnt. Und auch vor mehr, als ich ahnen kann, wenn ich ehrlich sein soll.« Mit steifen Gliedern fiel Gawain vor dem Einsiedler aus dem Sanften Wald auf die Knie. »Sir Gawain, so lange Ihr kämpft, wird Eure Kraft mit der Sonne wachsen. Das ist eine Gabe. Ihr dürft Euch erheben.« Gawain stand auf. »Habt Ihr Eure Gabe verstanden?«

»Nein.«

»Wenn die Sonne aufsteigt, wird Eure Kraft wachsen. Im Morgengrauen werdet Ihr neue Kraft finden, die zu Mittag ihren Höhepunkt erreichen wird.«

»Und, wenn ich fragen darf, wird meine Kraft nachgeben, wenn die Sonne untergeht?«

Trevisant schmunzelte. »Keine Gabe ist genau so, wie wir sie uns wünschen, mein Sohn. Versucht morgens zu kämpfen. Und du, Terence.« Terence hob die Hand, mit der Handfläche nach oben. »Diene deinem neuen Herrn gut. Du wirst im Dienst deinen größten Ruhm erwerben.« Dann standen alle drei für einen Moment schweigend in der frischen Morgenbrise. Schließlich sagte Trevisant: »Nun gut, los geht's.«

Als sie auf dem Weg zu König Artus' Hof durch den Wald ritten, den Terence so gut kannte, hörte er eine sanfte, fröhliche Stimme, die ihm ins Ohr flüsterte: »Gott schütze dich, Terence.«

Am Hof von König Artus

Sie hätten die Reise zum Hof von König Artus in Camelot in weniger als einer Woche hinter sich bringen können, aber Gawain und Terence waren fast vierzehn Tage unterwegs. Sie ritten nur morgens, nachmittags jedoch nahm Gawain seinen unwissenden neuen Knappen in die Lehre. Er zeigte ihm, wie Rüstung und Pferde versorgt wurden und wie einem Ritter die Rüstung angelegt wird. Terence musste sich um die beiden Packpferde und um das von Sir Hautubris kümmern, das nun sein Pferd war. Gawain selber versorgte seinen riesigen Rapphengst, Guingalet. Als Terence seine Hilfe anbot, lachte Gawain nur und sagte: »Nein, Knabe. Guingalet ist ein Eachuisge. Er würde dir wahrscheinlich den Arm abbeißen.«

»Was ist ein Eachuisge?«

»Ein Wasserpferd von den Orkneyinseln. Sie leben im Wasser und an Land zugleich. Sie sind ungeheuer schwer zu fangen, doch wenn man sie einmal bezwungen hat, dann gibt es auf der ganzen Welt kein besseres Reittier. Und ich glaube, dass Guingalet mich inzwischen ganz gern mag.« Er streichelte den glatten

Hals des Pferdes, und Guingalet schnappte nach seiner Hand.

Jeden Tag übte Terence Bogenschießen. Zuerst sah Gawain dabei noch zu, doch nach einigen Tagen ließ er Terence allein. Und dann brachte Terence zum ersten Mal eine mit dem Pfeil erlegte Beute mit. Es war ein fettes Kaninchen und der Pfeil hatte seinen Leib gleich hinter den Vorderläufen durchstoßen. Gawain musterte das Tier kritisch. »Genau an der richtigen Stelle, Terence.«

»Danke sehr, Milord.« Terence strahlte stolz.

»Wie weit warst du weg?«

Terence kam sich dumm dabei vor, sagte aber die Wahrheit. »Nur an die zwei Meter, Milord.«

Gawain musterte ihn nachdenklich. »Du brauchst dich nicht zu schämen, Knabe. Jeder kann einen treffsicheren Pfeil abgeben, aber nur einer unter fünfzig kann sich so dicht an ein ausgewachsenes Kaninchen heranschleichen.«

»Ich hätte noch näher kommen können, aber ich bin mit dem Bogen gegen einen Ast gestoßen.«

»Ach, das hättest du geschafft?«, fragte Gawain. Er blickte Terence nachdenklich an, dann fragte er: »Und du weißt wirklich nicht, wer deine Eltern waren?«

»Nein, Milord.«

»Hmm.« Gawain überlegte kurz. »Na, das spielt eigentlich auch keine Rolle. Ich sehe es dir auch so an.«

»Was denn, Milord?«

»Dass du Feenblut in den Adern hast, das würde

ich beschwören. Das zeigt sich in den Augen. Und wenn ich sehe, wie du durchs Unterholz gleitest, dann glaube ich, ein Gespenst zu sehen.«

Der Einsiedler hatte nie viel über Feen gesprochen, aber Terence hatte von den Reisenden, die in der Einsiedelei Halt gemacht hatten, über diese Wesen aus der anderen Welt gehört. Vor allem war die Rede von Feen gewesen, die allerlei boshaften Schabernack trieben und Menschen sogar in den Tod lockten. Gawain sagte: »Das hörst du nicht gern, Junge, was?«

Terence schluckte. »Nein, Milord.«

»Warum nicht?«

»Feen sind doch böse, oder nicht?«

»Einige schon. Andere sind durch und durch gut. Was man von den Menschen wirklich nicht behaupten kann.« Terence runzelte noch immer die Stirn und Gawain fügte hinzu: »Ein Tropfen Feenblut ist wirklich keine Schande, Terence, ich habe selber auch einen vorzuweisen.«

»Ihr, Milord?«

»Von meiner Mutter. Und das gilt übrigens auch für den König.«

»Für König Artus?«

»Ja. Wie für unsere gesamte Familie. Bei meiner Mutter und meiner Tante Morgane ist es am deutlichsten zu sehen, aber sogar dieser täppische Trottel Gaheris hat etwas abbekommen.«

Terence kniff die Augen zusammen. »Milord, gehört der König zu Eurer Familie?«

»Ja, Terence, der König ist mein Onkel.«

Terence starrte ihn voller Bewunderung an. »Aber dann seid Ihr ja fast ein Prinz.«

Gawain lachte und sagte: »Mehr als die meisten anderen, könnte man sagen. Mein Vater war König Lot von Orkney.« Terence machte große Augen und Gawain fügte eilig hinzu: »Aber nenn mich bloß nicht Prinz Gawain, den Schwachsinn will ich nicht hören. Jetzt haben wir einen König über ganz England und es gibt kein Königreich Orkney mehr. Und ein Rittertum an Artus' Hof ist eine größere Ehre als jedes Fürstentum. Ein Rittertum muss man sich verdienen.« Gawain schüttelte kurz den Kopf. »Wirst du dieses Kaninchen jetzt kochen, oder willst du zusehen, wie es verschimmelt?«

Am folgenden Nachmittag begegnete ihnen ein weiterer Reisender. Sie wollten gerade eine Rast machen, als sie das Geräusch von scharfen Hieben hörten. Gawain kniff die Augen zusammen und ritt leise weiter. Gleich darauf kamen sie an eine Lichtung. Terence sah einen hoch gewachsenen jungen Mann in grober Lederkleidung, der ein schweres Schwert in der linken Hand hielt. Er stand bewegungslos vor einem alten Baum, dann sprang er plötzlich nach rechts. Sein Schwert funkelte auf und bohrte sich in den Stamm. Gleich darauf riss der junge Mann es heraus und nahm wieder seine alte Stellung ein.

»Milord«, flüsterte Terence. Gawain beugte sich vor, gab aber keine Antwort. »Was macht der da?«

Gawain hob ein wenig die Augenbrauen. »Kämpft mit einem Baum, was denn sonst?«

»Ach.«

Der junge Mann machte wieder einen Sprung, und wieder blinkte das Schwert auf und bohrte sich an derselben Stelle wie vorher in den Baum.

Gawain stieß einen Pfiff aus. »Na los, Terence, wollen wir uns diesem Baumbeleidiger stellen?« Er tippte Guingalet leicht mit dem Absatz an und brach aus dem Unterholz auf die Lichtung. Hinter einem Baum sah Terence ein uraltes, heruntergekommenes Kutschpferd und zwei Lederbündel, die auf dem Boden lagen. Der junge Mann drehte sich um, noch immer mit dem Schwert in der Hand.

»Hallo«, sagte Gawain freundlich.

»Wer bist du?«, fragte der junge Mann sofort.

Gawain zögerte kurz, ehe er antwortete. »Kein Feind, möchte ich meinen«, murmelte er.

Der junge Mann lief rot an. »Ich bitte um Entschuldigung für meine Unhöflichkeit.«

»Schon gewährt«, sagte Gawain. Dann stieg er lässig aus dem Sattel und sagte: »Ihr habt hier ein schönes Lager gefunden. Dürfen wir es mit Euch teilen?«

Der junge Mann musterte Gawain misstrauisch, sagte jedoch nur: »Wenn Ihr wollt.«

»Terence, kümmer dich um die Pferde«, rief Gawain und setzte sich vor den angegriffenen Baum. Dann wandte er sich an den jungen Mann. »Ich heiße Gawain.«

»Und ich Tor«, erwiderte der junge Mann steif. Er setzte sich zu Gawain, hielt aber weiterhin das Schwert in der rechten Hand. Terence führte die Pferde beiseite und zog dabei verstohlen Pfeil und Bogen hervor. Gawain hatte sein Schwert in der Scheide gelassen, die an Guingalets Sattel befestigt war.

»Wohin reitet Ihr?«, fragte Gawain in freundlichem Plauderton.

»Nach Camelot«, sagte Tor trotzig, als rechne er damit, dass Gawain sich über diese Auskunft ärgern werde.

»Wirklich? Na, da wollen wir auch hin. Habt Ihr etwas mit dem König zu besprechen?«

»Das hoffe ich«, sagte der junge Mann.

»Genau wie ich«, sagte Gawain lächelnd. »Ich hoffe, dass er mich zum Ritter von der Tafelrunde ernennt.«

Tor wirkte etwas weniger misstrauisch. »Ihr seid also noch gar kein Ritter?«

»Nein«, sagte Gawain.

»Ach. Ich dachte ... als ich Eure Rüstung gesehen habe ...«

»Jeder Bauerntölpel kann eine Rüstung besitzen«, erklärte Gawain. Tor erstarrte wieder und hob sein Schwert ein wenig. Terence spannte sofort seinen Bogen an, aber Gawain bewahrte die Ruhe. »Und sehr viele gute Kämpfer sind ohne zurechtgekommen.«

Tor entspannte sich und legte sein Schwert auf den Boden. Gawain griff in seinen Kittel, zog eine Hand voll Haselnüsse heraus und machte sich ans Knacken. »Wollt Ihr eine?«

Tor nickte und Gawain schnippte eine Nuss zu ihm hinüber. Tor fing sie geschickt mit der rechten Hand auf, knackte sie und schob sie in den Mund.

»Hofft auch Ihr zum Ritter gemacht zu werden?«, fragte Gawain jetzt.

Wieder erstarrte Tor. »Warum wollt Ihr das wissen?«, fragte er.

»Weil ich Euch beim Üben gesehen habe. Wenn Ihr einen guten Rat annehmen mögt, dann übt nicht mit Bäumen. Nichts verdirbt die Klinge so wie Holz.«

Tor errötete, antwortete aber mit fester Stimme: »Ich hatte nichts anderes … oder niemand anderen … zum Üben.«

»Ja, das ist nicht immer leicht. Ich hatte meine Brüder. Nicht, dass sie viel bessere Kämpfer waren als ein Baum, aber immerhin haben sie mein Schwert nicht stumpf werden lassen. Versteht Ihr«, sagte Gawain, »ich habe ganz bewusst nicht nach ihren Köpfen gezielt.«

Tor lächelte und dabei zeigte sich ein Grübchen in seiner Wange. »Das war gütig von Euch«, sagte er.

»Nein, nein, überhaupt nicht. Ich wollte mein Schwert schonen.«

»Würdet Ihr mit mir üben?«, fragte Tor, halb trotzig, halb schüchtern. »Ich würde mich über diese Möglichkeit freuen.«

»Dann wärt Ihr ein Narr«, erwiderte Gawain. »Bietet niemals an mit einem Unbekannten zu kämpfen, Tor. Ihr wisst doch rein gar nichts über mich.«

»Ihr wisst auch nichts über mich«, sagte Tor daraufhin.

»Im Gegenteil. Ihr seid Rechtshänder, aber Ihr würdet vermutlich mit links anfangen und dann nach rechts überwechseln. Ihr vertraut auf Eure Geschwindigkeit, die hoch ist, aber Eure Schwäche liegt vermutlich im Angriff. Wenn ich gegen Euch kämpfte, würde ich Eure schwache Seite angreifen, um Euch zum Händewechsel zu zwingen, und ich würde versuchen, Euch mitten im Wechsel zu treffen. Es wäre sicher nicht schwer, Euch ziemlich bald das Schwert aus der Hand zu schlagen. Nehmt noch eine Nuss.«

Tor seufzte tief und ausgiebig auf. »Das alles habt Ihr gesehen, und dabei seid Ihr noch nicht einmal ein Ritter!«, sagte er. Gawain schwieg. Gleich darauf meinte Tor bitter: »Ich versuche das Unmögliche.«

»Das ist doch keine Schande«, sagte Gawain. »Terence, du blutrünstiger junger Dachs, leg deinen Bogen weg und mach uns was zu essen.«

Brav trat Terence hinter den Pferden hervor, wobei er noch immer den gespannten Bogen in der Hand hielt. Gawain grinste. »Das machst du richtig, Knabe. Tor, das ist mein Knappe, Terence.«

Tor starrte den Bogen in Terences Hand überrascht an. »Wozu ist das gut?«

Terence schluckte. »Ich dachte, Ihr könntet uns feindlich gesonnen sein, Sir.«

Tor schüttelte den Kopf. »Ich könnte heute schon zweimal mein Leben verloren haben und wusste nicht einmal, dass ich in Gefahr schwebte.«

Am folgenden Tag ritten die drei wie auf eine schweigende Übereinkunft hin zusammen weiter. Am frühen Nachmittag war es offensichtlich, dass sie sich Camelot näherten. Sie überholten Viehtreiber, Schäfer und Fuhrleute auf langsamen Ochsenkarren. Später sahen sie auch Ritter, alle schwer bewaffnet und in voller Rüstung. Zweimal wichen sie aus, um galoppierende Regimenter vorüberzulassen, und einmal kamen sie an einer übellaunigen Bande von bewaffneten Bauern vorbei. Gawain runzelte düster die Stirn.

»Gawain?«, fragte Tor leise. »Wusstest du, dass es Krieg gibt?«

»Nein, aber es sieht so aus, oder nicht?«, erwiderte Gawain. »Bewaffnete Bauern, Ritter in Regimentern, Wagen voller Proviant.«

Die drei Reisenden umrundeten einen Hügel und sahen Camelot, das hoch auf einer Anhöhe lag und das Flachland im Süden und Osten überblickte. Terence kam es vor, als sei die Burg aus dem Felsen herausgehauen, eine dunkle solide Festung mit bunten Fahnen. Ein steter Strom von Reitern, Vieh und Wagen schlängelte sich den Hügel hinauf und auf die Burgtore zu. Auf der Ebene unterhalb des Hügels bezogen Gruppen von Reitern Position, galoppierten im Kreis, stießen ins Horn und riefen einander Befehle zu. Endlich erreichten die drei das Tor, vor dem ein kräftiger Mann mit einem dunklen Bart die Proviantwagen in Empfang nahm, einige in die Burg fahren ließ und andere abwies. Ein Fuhrmann weigerte sich mit schriller Stimme und wollte nicht weggeschickt werden, doch gleich darauf flog er durch die Luft und landete mit einem feuchten Aufklatschen auf den übel riechenden Kohlköpfen in seinem Karren.

»Das war rasche Arbeit«, murmelte Gawain Tor zu. »Dieser Bursche ist kein einfacher Diener oder Wachtposten.«

Während Gawain noch sprach, winkte der Mann mit dem dunklen Bart ihnen zu. »Wen haben wir denn hier?«, fragte er mit ruhiger Stimme.

»Zwei angehende Ritter von der Tafelrunde«, erwiderte Gawain. Der Mann mit dem dunklen Bart ließ seinen Blick zu Tor und dann zu Terence weiterwandern. Er hob fragend eine Augenbraue. »Und einen angehenden Knappen eines Ritters von der Tafelrunde«, fügte Gawain hinzu.

Der Mann kratzte sich am Bart und musterte sie übellaunig. »Eure Namen?«

»Tor und Gawain.«

Der Mann musterte ihn mit scharfem Blick. »Gawain?« Gawain deutete eine Verbeugung an. »Hmm. Seid Ihr für uns oder gegen uns?«

»Für Euch.«

Der Mann grunzte. »Na gut. Bringt die Pferde in den Stall. Und sagt den Stallburschen, dass Sir Keie

Euch geschickt hat. Artus hält heute Abend seinen Rat, dann könnt Ihr mit ihm sprechen.« Mit einer Handbewegung waren sie entlassen, Sir Keie dagegen wandte seine Aufmerksamkeit sogleich einem mit dürren Küken gefüllten Karren zu.

Terence hatte noch nie in seinem Leben so viele Menschen oder so viele bunte Farben gesehen. Er sah hoch gewachsene Damen in eleganten wehenden Gewändern, er sah untersetzte bärtige Zwerge in Lederwesten, er sah Ritter mit bunter Rüstung, Federbüschen auf den Helmen und reich gemusterten Schilden. (»Protzkrieger!«, murmelte Gawain.) Sie sahen zu, wie Ritter miteinander übten und wie die Köche über Feuern ganze Ochsen brieten. Und endlich fanden sie die Ställe, versorgten ihre Pferde und streckten sich auf Strohballen aus.

Gawain erzählte Tor und Terence alles, was er über Artus wusste: dass er der leibliche Sohn des alten Königs Uther Pendragon sei, dass jedoch Sir Ector, Sir Keies Vater, ihn nach dessen Tod wie seinen Sohn großgezogen habe, und dass er König geworden sei, nachdem er das Schwert Excalibur aus dem Felsen gezogen habe. Er erzählte ihnen von den Kriegen, die Artus geführt hatte, um seinen Thron zu sichern, bis schließlich fast jeder Teil Britanniens ihm Gefolgschaft geschworen hatte.

»Oh«, sagte Terence. »Deshalb habt Ihr also gesagt, dass es kein Königreich Orkney mehr gibt. Auch Euer Vater hat Artus Gefolgschaft geschworen.«

Gawain machte ein düsteres Gesicht. »Nein, Terence. Das hat er nicht. Aber mein Vater ist jetzt tot.«

Tor schaute Gawain viel sagend an. »Er ist in der Schlacht gefallen?«, fragte er. Gawain nickte. »Deshalb hat der Mann am Tor – Sir Keie – dich gefragt, ob du für den König oder gegen ihn bist. Dein Vater hat gegen Artus gekämpft, nicht wahr?«

»Und meine Mutter auch«, sagte Gawain und nickte.

»Verzeih, wenn ich zu viele Fragen stelle, aber wo ist deine Mutter jetzt? Hat auch sie Artus Gefolgschaft geschworen?«

Gawain zögerte, dann sagte er: »Ich weiß nicht, wo meine Mutter ist. Ich habe mich deshalb entschlossen, Artus zu folgen. Obwohl ich ihm noch nie begegnet bin, weiß ich, dass er ein wahrer König ist. Vergiss nicht, er hat meinen Vater besiegt. Wenn du einen König kennen lernen willst, dann sieh dir an, wie er mit seinen besiegten Gegnern umgeht. Zu seinesgleichen ist jeder freundlich: doch nur einer unter Tausenden behandelt einen unterlegenen Widersacher gut.«

Als Terence dann endlich König Artus mit eigenen Augen sah, konnte er verstehen, warum Gawain ihn so bewunderte. In der Abenddämmerung versammelte König Artus seinen Hof auf dem offenen Burgplatz. Hinter ihm sangen Troubadoure eine lange Ballade über einen uralten Helden namens Cuchulainn, in seiner Nähe plauderten die Ritter mit den eleganten

Hofdamen. Gawain und Tor saßen dem Thron gegenüber auf einer langen Bank, und Terence, der Gawains geflüsterte Anweisungen befolgte, stand hinter Gawain. Auf den ersten Blick fand Terence Artus zu jung für einen König von ganz England, aber seine Haltung zeigte Würde und aus seinen Augen sprach Weisheit. Terence hatte noch nie einen König gesehen, doch er wusste, dass ein König so aussehen musste wie Artus.

Nach dem Essen hob König Artus die Hand und wie durch Zauberwerk war alles still.

»Und jetzt werden wir Hof halten«, sagte er. »Keie?«

Der Torhüter mit dem dunklen Bart erhob sich. »Hier.«

»Wie sieht es mit dem Proviant aus?«

»Es reicht. Wenn die Fünf Könige nicht über Vorräte verfügen, von denen wir nichts wissen, dann können wir auf dem Feld etwa eine Woche gegen sie standhalten. Zwei Wochen, wenn wir requirieren.«

»Eine Woche wird reichen«, sagte Artus mit sanfter Stimme. »Wir wollen unser Volk regieren, nicht ausplündern.« Keie deutete eine Verbeugung an. »Danke, Keie. Ich weiß, ich habe dir eine schwere Aufgabe gestellt, aber du hast gute Arbeit geleistet.« Keies hartes, hageres Gesicht lief tiefrot an und er verbeugte sich noch einmal, diesmal tiefer. »Komm jetzt zu mir, Keie«, sagte Artus nun. »Ich werde deinen Rat brauchen.« Keie trat mit stolzer Miene neben Artus' Thron.

»Morgen«, sagte der König an alle Anwesenden gewandt, »werden wir gegen die Fünf Abtrünnigen Könige in den Krieg ziehen. Ist jemand unter uns, der sich uns nicht anschließen will?« Tödliches Schweigen legte sich über die Versammlung. Terence hatte das Gefühl, als ob alle sich in Stein verwandelt hätten. Der König wartete eine ganze Minute, dann sagte er »sehr gut«, worauf alle aufatmeten. Artus grinste, sah für einen Moment wie ein durchtriebener Lausbub aus und wandte sich dann an einen ergrauenden Ritter zu seiner Linken. »Sir Ector?«

»Ja, Eure Hoheit?«

»Ihr und Eure Ritter bleiben morgen zurück, um Camelot zu beschützen. Sollte uns etwas zustoßen, dann werdet Ihr zum Regenten über das Königreich eingesetzt. Habt Ihr verstanden?«

»Ja, Euer Hoheit. Aber …« Der Ritter schluckte und verstummte.

»Aber was, Vater?«, fragte der König.

Diese vertrauliche Anrede schien Sir Ector Mut zu machen. Er fragte: »Gibt es denn keinen anderen, der hier bleiben könnte?«

»Das könnten viele, aber es gibt keinen, dem ich so vollständig vertrauen kann«, erwiderte Artus.

Sir Ector errötete und verbeugte sich so kurz wie vorhin Keie, dann sagte er: »Wie Ihr wünscht, mein König.«

Terence konnte Gawains Bewunderung für König Artus immer besser verstehen. Sir Ector und Sir Keie,

Artus' Adoptivvater und sein älterer Bruder, würden es zweifellos als Ehre betrachten, für ihren jungen Herrscher zu sterben.

»Wir brechen im Morgengrauen auf«, sagte Artus. »Müssen wir heute Abend sonst noch etwas besprechen?«

Gawain beugte sich vor und Tor rutschte unruhig auf der Bank hin und her, aber beide schwiegen. Sir Keie räusperte sich und sagte: »Eins gibt es da noch.«

»Ja, Keie?«

»Heute nachmittag sind zwei Männer hier eingetroffen, die zu Rittern von der Tafelrunde ernannt werden möchten.«

»Sind diese Männer hier anwesend?«, fragte der König.

Sir Keie nickte Gawain und Tor zu, und die beiden erhoben sich. Artus musterte sie nachdenklich, dann nickte er Tor zu. »Tretet vor, mein Freund.«

Tor trat vor und kniete zu Füßen des Königs nieder. Artus sagte: »Erhebt Euch, mein Freund. Und nennt Euren Namen.«

»Ich bin Tor, Euer Hoheit«, sagte Tor, nachdem er aufgestanden war.

»Und woher kommt Ihr?«

»Aus der Hartsbecker Heide, Euer Hoheit.«

»Und wer sind Eure Eltern?«

Tor hob trotzig das Kinn und sagte mit lauter Stimme: »Mein Vater ist Aries der Viehhirte, meine

Mutter heißt Kate.« Überraschtes Gemurmel wurde laut, doch Artus erstickte es mit einer Handbewegung.

»Warum wollt Ihr Ritter werden, Tor?«

»Das ist alles, wozu ich tauge, Eure Hoheit. Ich mag die Viehzucht nicht und interessiere mich nicht für den Ackerbau. Ich habe immer schon vom Ritterleben geträumt.« Alles verstummte, und Tor fügte rasch hinzu: »Mein Vater hat mir erlaubt, hier mein Glück zu suchen.«

»Gut, dass Ihr das sagt«, meinte Artus beifällig. »Ich möchte nicht, dass irgendein Sohn seinen Vater im Stich lässt.«

»Um ehrlich zu sein, Euer Hoheit, er hat gesagt, ich könnte auch gleich losziehen, wo ich ihm doch nicht von Nutzen bin.«

Artus lachte freundlich und gelassen. »Gut gesprochen, Tor. Habt Ihr jemals eine Tat vollbracht, für die Ihr den Ritterschlag verdient hättet?«

»Nein, Euer Hoheit.«

»Dann kann ich Euch auch beim besten Willen nicht zum Ritter schlagen. An meiner Tafel muss man sich das Rittertum verdienen.« Tor verbeugte sich und wollte schon zurücktreten, doch ein alter Mann in einem schwarzen Umhang, der schräg hinter Artus stand, räusperte sich und sagte: »Euer Hoheit?«

Artus wandte sich um und schaute den alten Mann an. »Ja, Merlin?«

Das war also Merlin! Sogar in der Einsiedlerklause hatte Terence von diesem großen Zauberer gehört.

Der alte Zauberer sprach: »Ich will mich ja nicht einmischen, aber einen Ritter, wie dieser Jüngling einer sein wird, könnt Ihr wirklich nicht entbehren.«

Artus musterte Tor nachdenklich, während die Höflinge wieder zu tuscheln begannen. Eine Stimme war lauter als die anderen und fragte: »Aber der Sohn eines Viehhirten?«

Merlin sagte laut und vernehmlich: »Von diesem ehrsamen Viehhirten hat Tor Mut, Stärke und Güte gelernt. Ihr habt doch gehört, wie stolz der Junge den Namen Aries genannt hat. Das war nur gut und richtig so.«

Darauf sagte Artus ebenso laut und deutlich: »Nur ein Narr schlägt Merlins Rat in den Wind. Was ich machen werde, Tor, ist, dir zu erlauben, dass du morgen mit mir in den Krieg ziehst. Du sollst die Gelegenheit haben, dir den ersehnten Lohn zu verdienen.«

Wieder verbeugte sich Tor. Sir Keie beugte sich vor und flüsterte Artus etwas ins Ohr. Der nickte und sagte dann: »Und, Tor, ich hoffe, du wirst mir gestatten, dir ein Pferd zu schenken.«

Tor lief vor Glück rot an, sagte dann aber: »Ich habe bereits ein Pferd, Euer Hoheit.«

Der König lächelte. »Aber das hat gerade eine lange Reise hinter sich gebracht. Es hat eine Ruhepause verdient.«

»Dann kann ich Euch nur aufrichtig danken, Euer Hoheit«, sagte Tor und setzte sich wieder auf die Bank. Artus schaute Gawain an und Gawain trat vor.

»Und wie ist Euer Name, mein Freund?«

»Gawain.«

Der König hob den Kopf und starrte Gawain gespannt an. »Gawain? Von Orkney?«

»Ja, Majestät.«

»Neffe!«, rief Artus. Er sprang auf, umarmte Gawain und küsste ihn auf beide Wangen. Dann wandte er sich an Sir Keie und sagte: »Ich habe dir doch gesagt, dass er kommt, nicht wahr? Willkommen am Hof, Gawain! Ich sehne mich schon lange danach, dich kennen zu lernen und dir meine Freundschaft anzubieten. Dein Vater war ein großer Mann.«

Gawain fiel auf ein Knie und senkte den Kopf. »Mein König«, sagte er. »Wenn es eine Ehre ist, Euer Neffe zu sein, so wäre es doch eine noch größere Ehre, Euer Ritter zu sein. Das ist mein einziger Wunsch.«

»Ach«, sagte der König und kehrte auf seinen Thron zurück. »Das ist etwas anderes. Steh auf, Gawain, und sag mir: Hast du irgendwelche Taten vollbracht, die eines Ritters der Tafelrunde würdig sind?«

»Nein, Majestät.«

Terence konnte seinen Ohren kaum trauen. »Was ist mit Sir Hautubris, Milord«, flüsterte er laut hörbar.

Sofort wusste er, dass er einen schrecklichen Patzer begangen hatte. Empörte Gesichter wandten sich nach ihm um und Terence fiel ein, dass kein einziger Knappe bisher auch nur ein Wort gesagt hatte. Er errötete, schlug die Augen jedoch nicht nieder.

»Und wer bist du, mein Sohn?«, fragte ihn der König.

Terence schluckte und sagte: »Terence, Sir – Gawains Knappe.«

»Sieh an«, sagte Artus. »Und jetzt erzähl von Sir Hautubris.«

Gawain knurrte: »Terence!«

»Nein, nein, Gawain«, sagte Artus. »Du musst schon gestatten, dass das Wort des Königs mehr wiegt. Erzähl weiter, Knappe Terence. Wie war das mit Sir Hautubris?«

»Naja«, stammelte Terence. »Er war der Ritter, der unser Essen haben wollte – ich meine, das von mir und Milord und Trevisant – das ist der Einsiedler des Sanften Waldes. Ich habe bei ihm gelebt, bis Milord gekommen ist. Und Sir Hautubris war wütend, weil wir alles aufgegessen hatten. Es war ein Eintopf, Sir«, erklärte er.

»Weiter«, sagte der König belustigt.

»Also ist Milord aus dem Haus gegangen und hat gesagt, wir hätten gerade alles aufgegessen, aber Sir Hautubris hat ihn beschimpft, und deshalb hat Milord ihn vom Pferd geworfen. Dann ist der fremde Ritter fuchsteufelswild geworden und hat Milord umbringen wollen, und das wäre ihm fast gelungen, denn Milord trug ja keine Rüstung …«

»Du sagst, dass Gawain keine Rüstung trug«, fiel der König ihm ins Wort.

»Nein, Sir, weil wir gerade gegessen hatten, glaube ich«, sagte Terence.

»So gehört sich das auch«, sagte Artus mit zuckenden Lippen. Er sah Gawain an. »Und trug Sir Hautubris seine Rüstung, Neffe?«

»Ja, Majestät.«

Artus wandte sich wieder Terence zu. »Weiter«, sagte er.

»Also hat er versucht, Milord umzubringen, wie ich gesagt habe, aber das hat er nicht geschafft, weil Milord ihn immer wieder mit dem Kochtopf geschlagen hat.«

»Mit dem was?«, unterbrach ihn Sir Keie mit begeistertem Grinsen.

»Mit dem Kochtopf, Sir. Milord hatte doch kein Schwert in der Hand, müsst Ihr wissen, und deshalb hat er Sir Hautubris den Topf auf den Kopf gehauen.«

»Bitte, erzähl weiter«, sagte Artus und unterdrückte ein Lächeln.

»Das ist schon fast alles. Milord hat Sir Hautubris das Schwert abgenommen und gesagt, man könne ihm keins anvertrauen«, Terence hörte Sir Keie schnauben, ließ sich aber nicht beirren, »aber dann hat Sir Hautubris ein anderes Schwert gezogen und wollte Milord von hinten erschlagen, und deshalb hat Milord Sir Hautubris getötet«, endete Terence, aber niemand sagte etwas. »Das ist alles«, fügte er hinzu.

»Stimmt das, Gawain?«, fragte der König.

»Im Grunde schon, Majestät«, erwiderte Gawain.

»Wir hören heute nicht zum ersten Mal von Sir Hautubris«, sagte Artus. »Vor nicht allzu langer Zeit hat er einen meiner Ritter in eine überaus unangenehme Lage gebracht.«

Gawain staunte. »Sir Hautubris hat einen Eurer Ritter geschlagen?«

Ein überaus prächtig gekleideter Ritter in gelben Strümpfen trat vor und verneigte sich vor Gawain. »Wenn Ihr beliebt, Euer Ehren«, sagte er, »dann muss ich Euch dafür danken, dass ihr mich und mein Schwert von dem Schwur befreit habt, eben diesen schurkischen Ritter zu töten, diesen gewitzten und tollkühnen Ritter, der meine Ritterehre beschmutzt hat. Ich gehe davon aus, dass Ihr in ihm einen wahren Teufel im Kampf gefunden habt, so wie ich, und ich beglückwünsche Euch zu Eurer wundersamen Errettung vor seinem Zorn.«

»D-danke, Sir … Sir«, sagte Gawain unsicher.

Sir Keie hustete und sagte: »Das ist Sir Griflet, Gawain.«

»Sir Griflet also.«

Sir Griflet verneigte sich noch einmal und kehrte dann an seinen Platz zurück.

»Um es kurz zu machen«, sagte nun der König, »so hast du gegen einen bewaffneten Ritter in Rüstung gekämpft, du aber hattest weder Rüstung noch Waffe …«

»Nein, nein, er hatte einen Kochtopf«, warf Sir Keie dazwischen.

»Und hast ihn mit seinem eigenen Schwert besiegt«, sagte der König unangefochten und ohne auf seinen Pflegebruder zu achten. »Wodurch du einen ehrwürdigen Einsiedler vor Belästigungen bewahrt hast. Das ist eine würdige Tat für einen Ritter von der Tafelrunde.« Gawain senkte den Kopf, sagte aber nichts. Der König lächelte Terence an und sagte: »Du hast einen dir sehr ergebenen Knappen.«

»Ich habe einen schlecht erzogenen Knappen«, erwiderte Gawain.

»Wirst du ihn dafür bestrafen, dass er von deiner Tat erzählt hat?«

Gawain zögerte, dann schüttelte er den Kopf. »Nein, Majestät. Wie könnte ich ihn dafür bestrafen, dass er das erzählt, von dem ich möchte, dass es bekannt wird?«

Der König brach in sein helles, ungezwungenes Lachen aus und sagte: »Wahrlich wohl gesprochen. Auf die Knie, Gawain!«

Wieder kniete Gawain nieder und der König hob das berühmte Schwert Excalibur. Er berührte Gawain damit auf jeder Schulter und dem Kopf und sagte: »Erhebt Euch, Sir Gawain, und seid willkommen in der Gemeinschaft der Tafelrunde. Bewahrt Eurem Gott die Treue, schützt Eure Nächsten und ehrt Euren König.«

Die fünf Könige

Am nächsten Morgen zog Terence in den Krieg. Eine Stunde vor Sonnenaufgang war er bereits angekleidet und half Gawain in die Rüstung. Als Harnisch und Wappenrock umgeschnürt waren und Gawain seinen Herrn zum ersten Mal in voller Montur sah, starrte er ihn überrascht an.

»Ihr seht wirklich großartig aus, Milord«, sagte er voller Bewunderung.

Gawain kicherte. »Nicht vergessen – gut aussehen ist nicht wirklich der Sinn der Sache.«

»Ich wette, dass Sir Griflet das anders sieht.«

»Kann schon sein«, sagte Gawain. »Aber, Terence?«

»Ja, Milord?«

»Was immer er tut oder nicht tut, kommentier das niemals außerhalb dieses Zimmers. Ein Knappe kritisiert niemals einen Ritter, nicht einmal, wenn dieser Ritter ein Narr ist.«

»Ja, Milord,« antwortete Terence, aber Gawain war noch nicht fertig. Er reichte Terence einen kleinen Dolch in einer schwarzen Lederscheide. »Niemand sollte ohne Waffe in den Krieg ziehen. Das hier ist deine.«

Terences Augen strahlten. Der Dolchgriff war

kunstfertig zu einer gewundenen Schlange geschnitzt worden. Er zog den Dolch aus der Scheide und musterte ängstlich die lange, gefährlich aussehende Klinge. Dann fiel er impulsiv auf die Knie und küsste Gawains Handschuh.

»Nicht doch, Terence«, sagte Gawain. »Dank mir, indem du ihn sorgsam aufbewahrst und klug anwendest. Und jetzt auf in den Krieg.«

Der Krieg, das hatten sie am Vorabend schon gehört, ging gegen fünf abtrünnige Könige, die Artus' Thronrecht nicht anerkennen wollten. Der König von Dänemark, der über kleinere Länder an der englischen Ostküste herrschte, der König von Irland, der König des Vale, der König von Soleyse und der König der Insel von Longtains hatten sich zu einer gewaltigen Heeresmacht zusammengeschlossen und marschierten auf Camelot zu. Die meisten Ritter wirkten über alle Zweifel erhaben, dass Artus mit seiner Armee die Fünf Könige im Handumdrehen besiegen werde, doch Artus und Sir Keie schienen diese Zuversicht nicht zu teilen.

Als sich die Armee in Marsch setzte, nahmen Gawain und Terence die ihnen zugewiesenen Plätze ganz hinten ein. Dort schloss sich ihnen Tor an, der einen kräftigen Braunen ritt und Sir Hautubris' Rüstung, ein Geschenk Gawains, trug.

»Guten Morgen, Tor«, rief Gawain freundlich.

»Guten Morgen, Sir Gawain«, erwiderte Tor. »Hallo, Terence.«

»Guten Morgen, Sir«, sagte Terence und freute sich

über diese Aufmerksamkeit. Sie ritten im Trab aus der Burg und Sir Ectors Ritter schlossen hinter ihnen die Tore.

Bald wurde es heiß und drückend und der von den Proviantwagen vor ihnen aufgewirbelte Staub bildete eine dichte, sandige Wolke, die durch alle Ritzen und Spalten drang. Die Ritter ließen ihre Visiere herunter, um etwas von dem Staub auszusperren, aber Terence hatte den ganzen Tag hindurch Sand im Mund. Gegen Mittag legten sie eine Rast ein, um ein karges Mahl zu verzehren, danach zogen sie schwitzend weiter durch Hitze und Staub.

Einige Stunden später ritt Sir Keie an der Kolonne entlang nach hinten, seinen Helm vor sich auf dem Sattel. Er sah sich kurz um, dann ritt er neben Gawain und wischte sich mit einem feuchten Lappen, den er an seinem Handgelenk befestigt hatte, die Stirn.

»Hallo, Gawain«, sagte Sir Keie.

»Hallo, Sir Keie.«

»Gawain. Ich möchte mir dir reden.«

»Immer zu Diensten«, sagte Gawain und hob sein Visier.

Sir Keie zögerte, dann grinste er. »Hast du Sir Dingsbums wirklich mit einem Kochtopf erledigt?«

Gawain lachte. »Das war alles, was ich hatte.«

Sir Keie kicherte. »Ich habe Artus vorgeschlagen, dass wir beim nächsten Turnier auch Kochtopfwettkämpfe haben sollten. Das ist doch besser, als seine Freunde mit Lanzen vom Pferd zu heben, nicht?«

»Ja, aber es würde lächerlich aussehen«, sagte Gawain. »Und kein Ritter kann es sich erlauben lächerlich auszusehen.«

»Ach, das würde ich nicht sagen. Sieh dir doch nur Griflet und Bagdemagus und die ganze Bande an.«

»Erzähl mir mehr über diesen Griflet«, sagte Gawain. »Ist er wirklich von Sir Hautubris besiegt worden?«

»Hautubris also. Diese ausländischen Namen kann ich mir einfach nicht merken. Naja, Griflet zog also im vergangenen Monat auf Ritterfahrt …«

»Er tat was?«

»Er zog auf Ritterfahrt. Nach den letzten Kriegen waren Artus' Ritter in der Burg einfach im Weg, und deshalb schickt er sie jetzt auf Abenteuer aus. Er sagt, sie sollen die Schwachen unterstützen und so. Wenn sie dann zurückkehren, müssen sie ihm erzählen, was sie erlebt haben. Dann stehen sie doch immerhin dem König für eine ganze Weile nicht vor den Füßen herum.« Gawain grunzte leise und Keie fügte hinzu: »Alle haben etwas davon. Die Ritter mögen eine Luftveränderung ab und zu ganz gern. Ich würde auch nicht nein sagen, wenn ich könnte.«

»Und warum kannst du nicht?«

»Ich bin Artus' Seneschall. Irgendwer muss ja dafür sorgen, dass alle satt werden und nicht nackt herumlaufen müssen.«

»Das habe ich mir schon gedacht, aber es ist eine Schande. Du bist doch sicher ein großartiger Kämpfer.«

»Das schon«, sagte Sir Keie zustimmend. »Gleich hinter Artus bin ich der Beste hier in Camelot. Genauer gesagt, das war ich, bis zu deinem Eintreffen.« Gawain schwieg, und Keie redete weiter. »Griflet kam dann jedenfalls von seinem Ritterzug zurück und erzählte eine Geschichte über einen Furcht erregenden Ritter namens – wie war das doch noch gleich? Hautubris? –, der an irgend so einer Brücke wachte und der alle, die diese Brücke überqueren wollten, zum Kampf herausforderte.«

»Ziemlich schwachsinnige Idee, wenn du mich fragst«, meinte Gawain.

»Richtig. Aber wenn du Griflet hörst, dann haben sie sechs Stunden lang wie die Besessenen gefochten, bis dieser Hautubris zu irgendeinem miesen Trick griff – ich habe vergessen, was genau das war – und ihn auf diese Weise zu Boden ringen konnte.«

»Hat irgendwer das gesehen?«

»Nein.«

»Dann frage ich mich ja, warum Griflet nicht behauptet hat, gewonnen zu haben.«

Sir Keie lachte. »Hautubris hatte ihm sein Pferd und seine Rüstung abgenommen. Das könnte er ja nur schwer erklären, wenn er gewonnen hätte.«

»Sag mal, Keie«, fragte Gawain, »wie hat dieser Griflet es je bis zum Ritter gebracht?«

»Dafür kann Artus nichts. Als der alte Leodegrance ihm die Tafel überlassen hat, waren seine Ritter sozusagen als Zugabe dabei. Einige sind ziemliche Spatzenhirne. Und deshalb verlangt Artus jetzt eine ehrenhafte Tat, ehe irgendwer zum Ritter geschlagen wird.«

Gawain nickte und einige Minuten lang ritten sie schweigend weiter. Sir Keie kniff im grellen Sonnenlicht kurz die Augen zusammen und schaute dann nach rechts zum Waldessaum. »Verdammte Sonne«, murmelte er. Dann blickte er wieder Gawain an und fragte: »Du hast doch noch eine Hand voll Brüder, oder?«

»Ja. Gaheris, Agrivain und den kleinen Gareth. Sie wollen irgendwann auch herkommen.«

»Kämpfer?«

»Kein bisschen. Gareth kann vielleicht mal einer werden.«

Sir Keie grunzte und spuckte aus. »Wenn sie nicht kämpfen können, dann sollen sie bleiben, wo sie sind. In Camelot wimmelt es auch so schon von Rittern, die nur für Schaukämpfe taugen. Wenn wir diesen Krieg gewinnen, dann durch Artus und seine kämpfenden Bauern.«

Terence setzte sich im Sattel bequemer hin und wünschte sich ein Glas Wasser und eine Pause. Er schaute zur Sonne, in der Hoffnung, dass die sich dem Horizont näherte, und dabei entdeckte er am Waldrand in der Ferne ein Funkeln. Er schaute noch einmal hin, aber jetzt war nichts mehr zu sehen.

Rasches Hufeklappern war hinter ihnen zu hören. Tor, der in der Kolonne drei oder vier Glieder hinter ihnen ritt, hatte Sir Keie und Gawain eingeholt. Sir

Keie musterte ihn missbilligend. »Wer hat dir erlaubt, aus dem Glied zu treten, Junge?«

»Tut mir Leid, Sir Keie, aber ich dachte, ich müsste Meldung machen.«

»Wovon denn Meldung?«, fragte Sir Keie stirnrunzelnd.

»Signale, Sir.« Tor zeigte auf die Hügelkette auf der rechten Seite. »Da oben ist jemand.«

»Ein Aufleuchten?«, fragte Sir Keie. »Das habe ich auch gesehen. Aber ein Aufleuchten ist noch kein Signal.«

»Nein, Sir. Aber es kam eine Antwort – von dort hinten.« Tor zeigte zurück in die Ebene, die sie eben erst durchquert hatten.

Sir Keie betrachtete die Hügel aus zusammengekniffenen Augen, dann sagte er: »Es muss nicht unbedingt etwas bedeuten.«

»Nein, Sir«, sagte Tor.

»Aber du hast dich richtig verhalten«, murmelte Sir Keie zerstreut. »Sie können noch nicht so nah sein.«

Gawain räusperte sich. »Wenn du unsere Kolonne angreifen wolltest, Keie, aus welcher Richtung würdest du das dann machen?«

»Von Westen her«, war die Antwort. »Weil dann die Sonne meinen Gegnern in die Augen scheint.«

»Oder von hinten?«, fragte Gawain. »Oder aus beiden Richtungen zugleich?«

Sir Keie dachte nach, dann sagte er: »Du – Tor, so heißt du doch? – kehrst an deinen Platz zurück. Ich rufe dich, wenn ich dich brauche.« Tor nickte und wendete sein Pferd. Sir Keie schaute jetzt wieder Gawain an. »Kannst du dich im Wald zurechtfinden?

»Das schon, aber ich bin nicht das, was du jetzt brauchst. Im Gegensatz zu Terence.«

Sir Keie schaute zu Terence hinüber. »Du bist ein Waldläufer?«

»Ich … ich bin im Wald aufgewachsen«, stammelte Terence.

»Dann kommst du auch mit«, entschied Sir Keie. Er galoppierte ein Stück von der Kolonne fort, hielt einen Moment inne, dann rief er: »Spähtrupp bilden. Zwei Ritter, ein Knappe! Du«, er zeigte auf Tor. »Und ihr«, damit waren Gawain und Terence gemeint. »Aus dem Glied.«

Tor, Gawain und Terence schlossen sich Sir Keie an und warteten, bis die Kolonne passiert hatte. In geschlossener Formation galoppierten die vier dann über die Ebene auf den Wald zu. Als sie den Waldrand erreicht hatten, fühlte Terence sich wie zu Hause. Instinktiv sortierte er in Gedanken die verschiedenen Geräusche. Ein Eichhörnchen keckerte und ein Igel brachte sich eilig in Sicherheit.

»Und wohin jetzt?«, wollte Gawain von Sir Keie wissen.

»Den Hügel hinauf, den Lichtsignalen nach«, war die Antwort. Sie ritten langsam einen Hang hoch und dann tiefer durch das dichte Unterholz in den Wald hinein. Terence konnte keine Tiergeräusche mehr hören.

»Milord?«, fragte er.

»Ja«, erwiderte Gawain.

»Allein könnte ich schneller vorwärts kommen, Milord. Zu Fuß, meine ich.« Gawain runzelte die Stirn und Terence fügte hinzu: »Ich würde auch weniger Lärm machen.«

Gawain nickte und erklärte Sir Keie, was Terence vorgeschlagen hatte. Terence schwang sich vom Pferd und verschwand im dichten Unterholz. Einige Minuten darauf hörte er wieder Tiergeräusche. Ein Maulwurf beschnüffelte seine Füße und dann sah er auch ein Reh mit einem unsicher auf seinen langen Beinen schwankenden Rehkitz. Der Wald wurde lichter, die Bäume standen weiter auseinander und der Duft der Fichten wurde stärker. Ohne zu wissen warum, ging Terence langsamer. Ein leises Rascheln auf seiner Linken erregte seine Aufmerksamkeit. Aus einem Stechpalmenbusch grinste ihn ein Fuchs an. Terence erwiderte das Grinsen. »Hallo, Reineke«, flüsterte er.

»Selber hallo, Terence«, antwortete der Fuchs.

Eine Sekunde lang starrte Terence ihn nur an. Dann wich er vorsichtig zurück. Der Fuchs bewegte sich nicht, er starrte einfach nur zurück und verzog spitzbübisch das Gesicht. »Und wo willst du hin?«, fragte er dann. Terence schluckte und schwieg. »Na?«, drängte der Fuchs.

»Ich … nirgendwohin. Ich will nirgendwohin«, sagte Terence.

»Ach«, der Fuchs schien enttäuscht zu sein. »Und

ich dachte schon, du suchtest die Armee, die sich auf dem nächsten Hügel versammelt hat.«

»Die Armee?«, fragte Terence.

»Sei kein Frosch«, mahnte der Fuchs und fing an, sich zu verwandeln. Er bekam Locken, zwei winzige Hörner und einen Spitzbart, und dann trat aus dem Stechpalmenstrauch die kleine grüne Gestalt hervor, die Terence am Tag seiner ersten Begegnung mit Gawain durch seinen eigenen Wald gejagt hatte. Der Kleine grinste schief und sagte dann: »Ich will dir doch nur helfen.«

»Wer bist du?«, stammelte Terence.

»Dein Freund, auch wenn du das vielleicht nicht glaubst. Sieh mal«, der kleine Grüne ging in die Hocke und fing an, auf dem Boden Linien zu ziehen, »wir sind hier, und dort sind Gawain und die anderen. Und hier – gleich dort auf dem Hügel – wartet die Armee der Fünf Könige. Die du zerschlagen musst.«

»Ich? Ganz allein?«

»Nein, mein Junge. Ich bin ja bei dir.«

»Aber wer bist du? Und wie soll ich denn eine ganze Armee zerschlagen?«

»Du musst Vertrauen zu mir haben«, sagte der kleine Wicht mit seinem schiefen Lächeln, das in Terence nun wirklich kein Vertrauen erwecken konnte. »Wir werden das folgendermaßen machen. Was du nicht weißt – was überhaupt nur Artus und Merlin wissen –, ist, dass die Fünf Könige wirklich einen Anspruch auf den Thron haben. Und zwar wegen eines

Rings, der verzaubert ist und überhaupt lauter Bedeutungen hat, von denen schlichte Bauersleute wie du und ich keine Ahnung haben.« Das grüne Männlein lächelte unschuldig und fügte hinzu: »Und wer immer diesen Ring besitzt, kann sich zum König über ganz England ausrufen. Der König von Longtains hat diesen Ring in das Bündnis mit eingebracht, und deshalb verlangen sie jetzt Artus' Thron. Kannst du mir so weit folgen?«

Terence kniff die Augen zusammen und dachte kurz nach. »Ich glaube schon. Aber was können wir machen?«

»Den Ring stehlen, Knabe.«

»Ihn stehlen?«

»Natürlich. So hat Longtains ihn schließlich auch an sich gerafft. Er hat ihn aus Uther Pendragons Schatzkammer entwendet. Und jetzt haben wir genug geredet. Auf geht's.«

Zehn Minuten später hockten Terence und der Wicht hinter einem umgestürzten, mit Moos bewachsenen Baum und schauten zum Lager der Fünf Könige hinüber. »Da«, sagte der Grüne. »Das Zelt in der Mitte, auf dem die Flagge weht. Das ist das Beratungszelt der Könige, und dort wird der Ring aufbewahrt.«

»Warum trägt ihn niemand am Finger?«, fragte Terence.

»Sie können sich nicht einigen, wem diese Ehre zufallen soll. Deshalb bewahren sie ihn in einer mit Juwelen besetzten Dose auf, die sie überall mit hinnehmen. Ich wünsche dir viel Glück, Knabe.« Und damit war der Kleine verschwunden.

Terence zögerte, er war völlig verwirrt. Er wusste nichts über den Zwerg und hatte kein Vertrauen zu ihm. Ein Blick in dieses kleine, von Blättern umgebene Gesicht reichte aus, um ihm klarzumachen, dass dieser Kobold nichts Gutes im Schilde führte. Aber er hatte die Wahrheit über das Lager der Fünf Könige gesagt: Da lag es. Terence wusste, dass er nicht warten durfte. Er holte tief Luft, zog den neuen Dolch aus seiner Scheide, stieg über den Baumstamm und schlüpfte ins Lager. Nach wenigen Schritten hatte er das Beratungszelt erreicht. Zwei Ritter kamen an ihm vorbei, aber sie achteten nicht auf ihn. Niemand hatte jemals für Diener oder Knappen einen Blick übrig.

Mit dem Dolch schlitzte Terence die Rückwand des Zeltes auf, wobei die funkelnde Klinge die Leinwand wie Seide zerschnitt. Terence schlüpfte durch das Loch und konnte, obwohl er in der plötzlichen Finsternis fast blind war, auf einem Tisch eine mit Juwelen besetzte Dose sehen, so, wie das Männlein es versprochen hatte. Sofort hatte Terence die Dose geöffnet und den Ring herausgenommen. Erst jetzt, nachdem seine Augen sich an das Dämmerlicht gewöhnt hatten, merkte Terence, dass er nicht allein war. Fünf bärtige, in kostbare scharlachrote und violette Gewänder gekleidete Männer saßen kaum einen Meter von ihm entfernt an einem anderen, größeren Tisch.

»He, Junge, leg das zurück«, rief einer von ihnen.

Terence Herz machte einen Sprung und sein Magen krampfte sich zusammen. Vor ihm saßen die Fünf Könige. Aufkeuchend machte er einen Satz rückwärts und ließ sich durch das Loch fallen, das er in das Zelt geschnitten hatte. »He, wer war das denn? Was macht er denn da?«, war aus dem Zelt zu hören, und »Ihm nach!«

Terence stieß mit einem Ritter zusammen, der fluchte und ihm einen Tritt versetzen wollte, doch Terence war bereits außer Reichweite. Er rannte durch ein Labyrinth aus Zelten und hatte das Gefühl, dass seine Verfolger ihm unmittelbar auf den Fersen waren. Dann sah er einige bereits gesattelte Pferde. Rasch packte er eins, zog sich in den Sattel und trieb es mit den Fersen zum Galopp an. Erst jetzt schaute er sich über seine Schulter um. Niemand folgte ihm. Er ritt in den rettenden Wald, hielt inne und schnappte nach Luft.

Von einer Eiche in der Nähe hörte er die kichernde Stimme des grünen Männleins. »Direkt unter ihrer Nase weg, meine Güte. Geschickte Diebe gefallen mir, wirklich. Aber bleib jetzt nicht stehen, Terence. Hier kommen sie!«

»Da! Zwischen den Bäumen!«, rief jemand und dann hörten sie das Donnern von Hufen. Terence ließ sein Pferd loslaufen und klammerte sich verzweifelt an ihm fest. Er hatte bei Gawain Reiten gelernt, aber ein solches Tempo hatte er niemals einlegen müssen. Bald hatte er die Zügel aus den Händen verloren, aber er saß auf einem Kriegspferd, das daran gewöhnt war. Es rechnete wahrscheinlich mit einem bevorstehenden Angriff, und Terence brauchte sich nur im Sattel zu halten und unter Zweigen und Dornen den Kopf einzuziehen, als sie durch den Wald jagten. Zweimal schaute er sich um und sah dabei fünf Reiter, die mit jeder Sekunde weiter aufholten.

»Terence!«, rief plötzlich eine Stimme. Es war Gawain. Er und die anderen saßen auf der anderen Seite einer kleinen Lichtung auf ihren Pferden. »Woher hast du das Pferd?«

»Die Fünf Könige«, keuchte Terence. »Hinter mir!«

»Mit wie vielen Männern?«, fragte Sir Keie mit scharfer Stimme, doch im selben Moment brachen hinter Terence die Fünf Könige aus dem Wald.

»Ich nehme den Linken«, sagte Sir Keie sofort und gab seinem Pferd die Sporen.

Die nächsten Minuten verschwammen vor Terences Augen. Sir Keie warf sich gegen den König auf der linken Seite und schwenkte gleichzeitig sein Schwert vor dem nächsten. Tor sprang von seinem Pferd auf das des mittleren Königs und zog ihn zu Boden. Gawain bohrte die Finger in das Visier des vierten Königs und schüttelte ihn hin und her, während er zugleich gegen die Schwerthiebe des fünften focht. Der König schwankte und sank um. Sir Keie hob derweil den einen König aus dem Sattel und schleuderte ihn gegen den anderen.

»Au! Nicht beißen!«, brüllte Gawain.

Der König, der Tor gegenüberstand, zielte auf dessen linke Seite, doch diese Finte hatte Tor sofort durchschaut. Er sprang beiseite, schlug mit der linken Hand zu, und der König ging zu Boden. Sofort sprang Tor zu Sir Keie, dessen einer König soeben rückwärts taumelte. Gleich darauf lag auch der andere König zu ihren Füßen. Sie drehten sich zu Gawain um, doch Gawain war schon vom Pferd gesprungen und wischte sein Schwert im Gras ab.

»Bist du verletzt?«, rief Sir Keie ihm zu.

Gawain blickte den Körper zu seinen Füßen beleidigt an. »Er hat mich in den Finger gebissen«, sagte er.

»Sir Keie und Sir Gawain«, sagte König Artus. »Ich bewundere euren Mut und eure Loyalität. Und mehr noch, ich danke euch. Ihr habt für mein Königreich eine große Schlacht gewonnen, alles, was ich habe, verdanke ich euch.« Er küsste sie mit warmem Lächeln auf die Wangen.

Terence war so stolz auf Gawain, er hätte platzen mögen. Der Tod der Fünf Könige hatte den geplanten Überfall verhindert. Nachdem Sir Keie dem König von ihrem Sieg Meldung gemacht hatte, hatte sich Artus allein zu den führerlosen Rittern begeben, die im Wald warteten, hatte ihre Kapitulation gefordert und – sobald sie sich ergeben hatten – sie allesamt ungestraft nach Hause geschickt, nachdem sie diesem mutigen und großzügigen König ewige Gefolgschaft geschworen hatten. Jetzt standen Sir Keie und Gawain vor ihrem König, der sich höflich bei ihnen bedankte. Terence strahlte.

»Knappe Terence«, sagte der König. Terence fuhr überrascht zusammen. »Ich danke auch dir für deinen Beitrag zu diesem Abenteuer. Würdest du ein kleines Geschenk von mir annehmen?« Terence schluckte und nickte. Artus ließ sich von einem Pagen einen kräftigen Bogen aus Eibenholz reichen und hielt ihn Terence hin. An seiner ausgestreckten Hand steckte der Ring, den Terence den Königen weggenommen hatte. Auf Terences Wunsch hin hatte Gawain ihn dem König in aller Stille ausgehändigt. Artus sah, dass Terence den Ring anstarrte. In seinen Augen funkelte ein Lächeln, doch er sagte nur: »Dieser Bogen kann nicht zerbrechen, seine Sehne kann nicht verfaulen. Merlin sagt jedoch, dass du immer noch selber zielen musst. – Und jetzt«, erklärte er und wandte sich um. »Wo ist Tor?«

»Hier, Euer Hoheit«, sagte Tor und trat vor.

»Auf die Knie, Tor«, befahlt Artus. Tor fiel vor dem König auf die Knie. Artus zog Excalibur aus der Scheide und berührte damit Tors Schultern und Kopf. »Und nun erhebt Euch, Sir Tor, und seid willkommen in der Gemeinschaft der Tafelrunde. Bewahrt Eurem Gott die Treue, schützt Eure Nächsten und ehrt Euren König.«

Ein Hirsch, ein Hund und eine überaus hässliche Frau

Die Kriege lagen hinter ihnen. Nur sehr wenige aufrührerische Ritter und Adelige widersetzten sich weiterhin Artus' Herrschaftsanspruch, doch Artus hielt diese Unbekehrbaren für unwichtig. Ihm war es jetzt wichtiger, auch im Frieden ein ebenso tüchtiger Herrscher zu sein, wie er es in Kriegszeiten gewesen war. Er setzte Gerichtshöfe ein und erließ neue Gesetze über die Steuern und die Zwangsarbeit, die die Großgrundbesitzer oft über ihre Bauern verhängten. Das Land erlebte zum ersten Mal seit Menschengedenken wirklichen Frieden.

Auch innerhalb der Burgmauern herrschte Friede, wobei Gawain eher von Langeweile sprach. Fast jeden Tag wurden Feste veranstaltet, die Ritter erzählten von ihren Abenteuern und tändelten mit den schönen Damen. Auch Gawain widmete den Damen viel Zeit und alle schienen ihn unwiderstehlich zu finden. Bald galt er als Liebling aller, aber Terence hatte den Eindruck, dass Gawain noch lieber mit anderen Rittern trank und diskutierte. Der König, Sir Keie und die vom König ernannten Richter hatten viel zu tun, die Ritter dagegen waren sich selbst überlassen. Sogar Terence, der als Knappe durchaus ein Tagewerk zu verrichten hatte, wusste oft nicht, wie er die Zeit herumbringen sollte.

Ein Knappe, wie Terence inzwischen gelernt hatte, saß gewissermaßen zwischen allen Stühlen. Seine Stellung war so niedrig, dass die Ritter ihn übersahen, doch zugleich so hoch, dass er auch bei den Dienstboten nicht willkommen war. Terence fühlte sich nicht einmal unter den übrigen Knappen wohl. Sie alle träumten davon, selber einmal Ritter zu werden, und sie redeten nur von den großen Taten, die sie dann vollbringen würden. Terence kannte keinen solchen Ehrgeiz. Er atmete immer auf, wenn er mit Gawain und Tor zusammen sein konnte.

Sonst schien sich nur noch einer am Hofe für Terence zu interessieren. Eines Tages sprach Merlin ihn auf einem Gang an. »Knappe Terence, ja?«, fragte er freundlich.

»Ja, Sir«, erwiderte Terence, ein wenig auf der Hut.

»Sehr gut«, sagte der alte Mann. »Sag mir, wie geht es meinem alten Freund Trevisant? Ich wusste, dass er einen Jungen großziehen sollte.«

»Als ich ihn verlassen habe, ging es ihm gut, Sir.«

»Er ist ein großer Mann«, sagte Merlin einfach. »Aber deshalb bist du ja auch in seine Obhut gegeben worden.« Merlin schaute Terence einen langen, unbehaglichen Moment in die Augen, dann nickte der alte

Zauberer und lächelte. »Ich freue mich darüber, dass du an den Hof gekommen bist«, sagte er dann. »Aber ich habe nicht vor, dir zu sagen, warum.«

»Danke … danke, Sir«, sagte Terence verwirrt. Merlin kicherte und ging weiter.

Terence übte jeden Tag mit seinem neuen Bogen, bis seine Arme schmerzten, danach übte er Reiten, bis auch andere Körperteile wund waren. In vieler Hinsicht war es ein angenehmes Leben, doch er sehnte sich nach mehr Beschäftigung. Deshalb fühlte er sich erleichtert, als an einem schönen Tag im Juni dieses ruhige (oder langweilige) Leben durch die Ankündigung gestört wurde, dass der König heiraten werde. Sir Leodegrance, der Artus schon die Tafel gegeben hatte, gab ihm jetzt auch noch seine Tochter Ginevra. Alle Damen am Hof und auch Sir Griflet und viele andere Ritter waren außer sich, sie bestellten neue Kleider und überlegten sich neue Frisuren für das Hochzeitsfest, das sieben Tage dauern und mit einem Turnier enden sollte. Edelleute aus dem ganzen Land trafen ein, sie brachten ihre Hochzeitsgeschenke und wollten alle bis zum Ende des Festes bleiben. Sir Keie, der eines Abends zusammen mit Gawain, Tor und einigen anderen Rittern eine große Menge Wein trank, klagte, es sei leichter, genug Proviant für einen Krieg zu besorgen als für eine Hochzeit, doch sogar er musste schließlich zugeben, dass einem König nun einmal ein prachtvolles Hochzeitsfest zukam.

Und es wurde wirklich prachtvoll. Alle Damen und

nicht wenige Ritter trugen reich verzierte Gewänder, sodass die königliche Stephanuskirche vor Farben geradezu loderte. Die Strahlendste von allen war die junge Ginevra in einem glänzenden elfenbeinfarbenen Gewand mit blauem Unterkleid und Schleppe, alles durchwoben von goldenen Fäden. Als sie und Artus einander küssten, weinten die Damen und die Herren jubelten.

Gleich nach der Trauung begann das Fest. Artus hatte in der großen Bankethalle für Hunderte die Tische decken lassen. Er und Ginevra saßen oben in der Halle an einem kürzeren Tisch, die Gäste waren an zwei langen Tischreihen untergebracht, die sich an den Seiten der Halle hinzogen. Zwischen den Tischreihen liefen die Dienstboten hin und her, sie brachten Wildbret und Ochsenfleisch und Schweinebraten und hoch mit Geflügel beladene Schüsseln und Kessel voller kalter und heißer Suppen und Töpfe mit Süßspeisen und Kalbsfußsülze und Pasteten und literweise Bier und Wein. Terence stand, wie sich das gehörte, hinter Gawains Stuhl an einem der langen Tische.

Am ersten Festtag um Mitternacht, als Terence gerade sein Interesse an diesem Schauspiel verlor und anfing, sich nach seinem Bett zu sehen, begann das Abenteuer. Aus der Küche hörten sie ein gewaltiges Krachen, gefolgt vom Geschrei einer hysterischen Frau. Weiteres Krachen folgte, dann wurde die Tür aufgerissen. Ein riesiger Hirsch kam in die Banketthalle gestürzt, er war schneeweiß bis auf Hufe, Augen und das majestätische Geweih. Der Hirsch jagte durch den Mittelgang auf Artus zu. Die Dienstboten ließen ihre Tabletts fallen und suchten unter den Tischen Zuflucht. Der Hirsch blieb vor Artus stehen, dann sprang er auf den Tisch des Königs und rannte von dort aus weiter. Essen und Wein landeten auf dem Boden und auf den Gewändern der Gäste.

In diesem Moment stürzte ihm ein gewaltiger Jagdhund, der ebenso weiß war wie der Hirsch, laut bellend aus der Küche hinterher. Als er den Hirsch sah, sprang er auf den Tisch und jagte los. Damen schrien und Herren brüllten vage Befehle, auf die niemand achtete – »Aufhören!« – »Nun tu doch jemand was!« Terence sah, wie Tor sich Suppe aus dem Gesicht wischte, und er hörte Sir Griflet empört loskreischen: »Schaut nur, wie sie meinen Hut zugerichtet haben!« Zwei Ritter, die Terence nicht kannte, nahmen die Verfolgung der Eindringlinge auf und schwenkten ihre Schwerter beinahe ebenso hemmungslos wie erfolglos. Das Hirschgeweih schlug gegen einen Kronleuchter und die Schatten der Kerzen jagten hektisch hin und her.

Endlich machte der Hirsch einen gewaltigen Sprung und verschwand durch ein offenes Fenster draußen in der Nacht. Sofort jagte der Hund hinterher, und danach herrschte Stille in der Banketthalle, nur Sir Griflet bejammerte noch immer seinen Hut. Der König erhob sich mit leichtem Lächeln.

»Ich hoffe, Ihr wart alle schon satt, als dieses Spektakel begann«, sagte er. »Da wir die Mahlzeit dieses Abends wohl beendet haben, sollten wir uns in unsere Gemächer zurückziehen und darauf hoffen, dass das morgige Fest weniger ereignisreich verlaufen wird.«

Die Gäste schienen aufzuatmen. Dienstboten und Damen und ein oder zwei Ritter krochen unter den Tischen hervor und leise setzten die Gespräche wieder ein. Doch mitten im allgemeinen Gemurmel ertönte eine Stimme: »Moment, bitte!« Das war Merlin. »Ich glaube nicht, dass wir schon fertig sind«, sagte er. »Hört doch nur!«

Zuerst konnte Terence nichts hören, doch dann vernahm man ein gemächliches Klappern durch die Küchentür. Gleich darauf erschien in der offenen Tür ein großer weißer Maulesel. Auf seinem Rücken saß eine schlanke, tief verschleierte Frau, die ganz in Weiß gekleidet war. Sie zog leicht den Kopf ein, als der Maulesel die Türöffnung passierte, und wartete dann schweigend ab, bis ihr Tier in aller Ruhe durch die Halle gewandert und vor dem Tisch des Königs stehen geblieben war. Alle verstummten. Etwas, das er noch nie empfunden hatte, ließ Terences Herz zittern, und er fühlte sich von der Frau gleichermaßen abgestoßen wie angezogen.

»Schande«, sagte die Frau dann plötzlich mit wohltönender, leiser Stimme. Bei diesem Klang machte Terences Herz einen Sprung. »Schande über Euch,

König Artus, und über Eure vielen hochgerühmten Ritter.«

»Herrin«, erwiderte König Artus. »Warum redet Ihr so?«

»Hat irgendwer hier jemals einen Hirsch oder eine Bracke gesehen, wie sie eben noch vor Euch standen?«, fragte die Frau, und dabei wurde ihre wunderschöne Stimme lauter und füllte den Saal mit Wärme.

Terence beugte sich zu Gawain vor und flüsterte: »Was ist eine Bracke?«

»Ein altes Wort für Spürhund«, erwiderte Gawain schroff. Seine Augen hatten die Frau nicht losgelassen, seit sie im Saal erschienen war.

»Doch wenn diese Tiere in Eurem Bankettsaal auftauchen, dann fällt Euch nichts anderes zu sagen ein als dass Ihr hofft, dass es nicht wieder passieren wird«, sagte die Frau jetzt. »Es ist eine Schande, dass Ihr so leichtfertig auf solche Abenteuer verzichtet.«

Einen Moment lang schwiegen alle. Dann schwang sich Gawain über den Tisch, trat auf den Maulesel zu und musterte den Schleier der Frau forschend. »Ich nenne eine Schlacht ein Abenteuer«, sagte er. »Ein Drache im Wald ist ein Abenteuer. Aber wie könnten ein Hirsch und ein Hund, hätten sie auch noch so seltsame Farben, ein Abenteuer darstellen?«

Die Frau blickte Gawain einen Moment lang schweigend an, dann nickte sie. »Die größten Abenteuer fangen meist ganz gewöhnlich an«, sagte sie. Wieder war ihre Stimme leise, doch sie war ungeheuer klangvoll und füllte den ganzen Saal. Dann wies die Unbekannte auf die Zerstörungen, die die Tiere im Saal hinterlassen hatten. »Aber findet Ihr das hier gewöhnlich?«

»Es ist in der Tat ärgerlich, aber ein Abenteuer ist es nicht«, sagte Gawain.

»Neffe«, mahnte der König mit sanfter Stimme. »Lass uns die Dame anhören.«

»Verzeihung, Majestät«, erwiderte Gawain. »Aber wir müssen uns erst davon überzeugen, dass es sich bei unserem Gast wirklich um eine Dame handelt. Auch ein Mann kann einen Schleier tragen.« Er starrte die Frau an und sagte: »Zeigt uns Euer Gesicht, Herrin.«

Alle Augen richteten sich auf die Frau, die jedoch schwieg. Ganz langsam hob sie den Schleier über ihren Kopf. Einen Moment lang herrschte verblüfftes Schweigen, dann stieß eine von Ginevras Damen einen leisen spitzen Schrei aus und fiel in Ohnmacht. Ein Mann fluchte und mehrere Ritter bekreuzigten sich verstohlen.

Die Frau auf dem Maulesel war die hässlichste Frau, die Terence je gesehen hatte. Ihre Nase war unwahrscheinlich lang und krumm. Sie schielte. Ihre dünnen, fast unsichtbaren Lippen öffneten sich, um ihre schief stehenden, fauligen Zähne bloßzulegen. Auf ihrer Oberlippe wuchsen stachelige, schwarze Haare, und das galt auch für ein dickes dunkles Muttermal an ihrem Hals. Ihre Wangen waren von tiefen Narben entstellt, wie sie von Pocken hinterlassen werden. Entsetzt wandte Terence seine Blicke ab. Andere folgten seinem Beispiel. Nur Artus, Gawain und Merlin ließen das Gesicht der Frau nicht aus den Augen. Die Gesichter von Artus und Merlin blieben ausdruckslos, Gawain sah entsetzt aus.

»Glaubt Ihr jetzt, dass ich eine Frau bin?«, fragte die Fremde.

Gawain verneigte sich. »Ich habe keine Zweifel mehr, Herrin. Aber ich kann noch immer nicht erkennen, wie ein Hirsch und ein Hund ein Abenteuer darstellen sollen.« Seine Stimme klang noch schroffer als zuvor.

»Wer Gefahr vermeiden will, gibt sich große Mühe, Abenteuer nicht zu erkennen, wie mir scheint.« Auch die Stimme der Frau klang jetzt anders. Sie hatte einen spöttischen Unterton bekommen.

»Und Narren sehen Abenteuer dort, wo es gar keine gibt«, erwiderte Gawain. Dann schien er seine Grobheit zu bereuen, denn er verneigte sich noch einmal und sagte: »Womit ich Euch nicht beleidigen wollte, Herrin.«

Die Frau lächelte freudlos und entgegnete: »Was Euch aber gelungen ist, junger Geck.«

»Wie Ihr beliebt«, sagte Gawain und presste die Zähne aufeinander.

»Ich hatte gehört«, sagte die Frau zu Artus, ohne dabei Gawain aus den Augen zu lassen, »dass Euer Hof der tapferste und der höflichste auf der Welt sei.

Aber jetzt weiß ich, dass das Unsinn war. Gibt es aber trotzdem Ritter hier, die bereit sind, sich einem Abenteuer zu stellen?«

»Sir Gawain scheint sich vergessen zu haben«, sagte Artus höflich. »Aber er selbst wird es wagen …«

»Sir Gawain?«, fiel die Frau ihm ins Wort. »Wollt Ihr mir wirklich erzählen, dieser aufgeblasene, selbstverliebte Schwätzer sei Sir Gawain? Entsetzlich! Ich hatte gehört, er sei der beste Ritter hier am Hof.« Sie schaute Gawain in die Augen und ihre Stimme nahm wieder den spöttischen Tonfall an. »Ich hoffe, dass Camelot niemals von einer Bande verkrüppelter Greisinnen überfallen wird. Aber vielleicht habt Ihr ja noch Ritter, die Sir Gawain beschützen könnten.«

Gawain erwiderte ihren Blick und seine Augen funkelten, er sagte jedoch nichts. Endlich fragte Artus ruhig: »Was wünscht Ihr von uns, Mylady?«

»Ihr müsst zwei Ritter auf Abenteuer ziehen lassen«, sagte die Frau. »Einer soll dem Hund folgen, der andere dem Hirsch.«

In diesem Moment meldete sich Merlin zu Wort: »Tut, was sie sagt, Euer Hoheit.«

»Sir Tor«, rief Artus. »Ihr werden dem Hund folgen.«

»König Artus«, sagte die Frau. »Schickt Sir Gawain dem Hirsch hinterher.« Sie musterte ihn aus den Augenwinkeln. »Vielleicht findet er dann Abenteuer, wo er vorher keine sehen konnte.«

»Es sei«, stimmte der König zu.

Der Maulesel drehte sich langsam um und steuerte die Küchentür an. Als sie an Gawain vorüberritt, flüsterte die Frau: »Schwätzer!«

»Alte Vettel«, gab Gawain sofort zurück. Und seine Augen folgten ihr, bis sie verschwunden war.

Ritterfahrt

Gegen Mittag des folgenden Tages waren Terence, Gawain und Tor zwanzig Meilen von Camelot entfernt und drangen immer tiefer in den Wald vor. Es war kein angenehmer Ritt gewesen. Gawain hatte den ganzen Morgen stumm vor sich hingebrütet und weder Tor noch Terence hatten ihn aus seinen Gedanken reißen mögen. Sie hatten sich auf die Jagd und die Windhunde konzentriert, die der König ihnen zu diesem Zweck geliehen hatte.

Endlich brach Tor das Schweigen. »Wollen wir hier eine Mittagsrast einlegen?«, fragte er. Gawain gab keine Antwort. Tor schaute Terence an und zuckte mit den Schultern. »Ich habe gesagt, wollen wir …«

»Je eher wir dieses Viehzeug fangen, um so eher werden wir diesen Blödsinn hinter uns haben«, sagte Gawain mürrisch. »Also weiter.«

»Ich habe Hunger«, sagte Tor einfach. »Ich halte an.«

»Wie du willst. Wir nicht«, sagte Gawain und ritt weiter.

Terence dachte nun schon seit über einer Stunde sehnsüchtig an eine Mittagspause, holte aber tief Luft und ergab sich in sein Schicksal. Tor grinste Terence verständnisvoll an und warf ihm einen halben Laib Brot zu. Terence lächelte dankbar und setzte Gawain hinterher.

Gegen drei Uhr konnte Terences Pferd nicht weiter. Terence hatte noch nie vorher ein wirklich erschöpftes Pferd gesehen und konnte die Anzeichen deshalb erst deuten, als das Tier stolperte und stürzte. Gawain sprang aus dem Sattel und musterte es ungeduldig.

»Warum hast du mir nicht gesagt, in welchem Zustand dein Pferd ist?«, fragte er. Terence zuckte unter seinem zornigen Blick zusammen. »Hast du sein Keuchen nicht gehört? Hast du sein Zittern nicht gespürt? Es gibt nichts Schlimmeres auf der Welt als jemanden, der ein Tier dermaßen quält.« Gawain starrte das Pferd einen Moment lang düster an, dann fauchte er: »Na? Jetzt mach schon ein Lager. Das wirst du ja wohl noch schaffen.« Mit dem hilflosen Gefühl, sehr ungerecht behandelt worden zu sein, schlug Terence ein Lager auf.

Eine Stunde später traf Tor bei ihnen ein. Er warf einen Blick auf Terences Pferd und stieg dann ab. »Musstet dem Pferd Ruhe gönnen, was?«, fragte er munter.

»Richtig«, knurrte Gawain. »Wir können von Glück sagen, dass Terence es nicht umgebracht hat.«

Tor erstarrte. »Also, von allen arroganten – du willst doch nicht etwa behaupten, dass du Terence dafür verantwortlich machst?«

»Wen denn sonst?«, fragte Gawain irritiert.

»Dich natürlich, du blöder Idiot! Wer wollte denn keine Pause machen? Wer hat das Tempo bestimmt? Als ob irgendein Pferd mit deinem Guingalet Schritt halten könnte.«

Gawain lief rot an, sagte aber: »Er hätte mir doch sagen können, dass sein Pferd nicht mehr konnte.«

Tor lachte kurz auf. »Du meinst, während der angenehmen Unterhaltung, mit der ihr beiden euch die Zeit vertrieben habt. So munter und gesprächig, wie du heute den ganzen Tag warst.«

Gawain starrte ihn wütend an. »Ich wollte nur diese sinnlose Jagd hinter mich bringen.«

Tor blickte Gawain einen Moment lang stirnrunzelnd an, dann sagte er: »Hör mal, Gawain. Ich weiß wirklich nicht, wer dich dermaßen aus der Fassung gebracht hat, aber Terence war es bestimmt nicht.«

Gawain starrte einen langen Moment den Boden an. Dann blickte er auf. »Du hast Recht, Tor. Tut mir Leid, Terence. Verzeihst du mir meine schlechte Laune?«

Terence schluckte. »Ja, Milord.«

Nach dem Essen lehnte Tor sich gegen einen Baumstumpf und fragte Gawain: »Willst du uns nicht erzählen, welche Laus dir über die Leber gelaufen ist?«

Gawain zuckte mit den Schultern. »Das habe ich dir doch schon gesagt. Ich denke einfach, dass wir unsere Zeit verschwenden.«

»Möglich«, stimmte Tor ihm zu. »Aber ich finde es ganz nett, mal vom Hof wegzukommen. Ich habe es satt, den Höflingen und Damen schönzutun. Ich dachte, das ginge dir auch so.«

Gawain dachte kurz nach, dann sagte er: »Naja, das schon. Aber ich würde lieber etwas machen, das die Mühe lohnt.«

» Wer weiß, vielleicht ist das hier sogar der Fall. Du musst zugeben, dass das keine normalen Tiere waren. Und was die Dame auf dem Maulesel betrifft …«

»Die!« Gawain schnaubte. »Das war keine Dame! Und was denkt sich Artus eigentlich – schickt zwei Ritter los, bloß weil eine alte Hexe das von ihm verlangt!«

Tor hob die Augenbrauen und sagte: »Sicher, sie war eine Hexe, aber als alt würde ich sie nicht bezeichnen. Ihre Stimme klang ganz jung.« Gawain nicke nachdenklich, schwieg aber. Tor fragte: »Hältst du sie für eine Zauberin?«

Gawain lachte rau. »Nie im Leben. Das Erste, was eine Zauberin lernt, ist doch, sich selber schön aussehen zu lassen. Ich habe noch nie eine gekannt, deren Anblick dir nicht den Atem verschlägt.«

Tor machte ein verdutztes Gesicht. »Kennst du denn so viele?«

Gawain nickte, aber sein Gesicht sah so düster und abweisend aus, dass Tor keine weiteren Fragen stellte.

Der nächste Tag ließ sich besser an. Gawain war zwar noch immer kein munterer Gesellschafter, hütete jedoch seine Zunge und sein Temperament. Kurz nach

Mittag nahmen die Windhunde Witterung auf, und damit hatte die Jagd wirklich begonnen. Zwei Stunden später erreichten die drei eine Wiese, auf der zwei Ritter in voller Rüstung miteinander kämpften.

»Nimm das, du Lump«, rief der eine und legte all seine Kraft in einen wütenden Schlag. Der andere hielt diesen Hieb mit seinem Schwert auf und konnte ihn ein wenig ablenken, dennoch fuhr die Klinge an seiner Schulter in seine Rüstung. Aus dem Schnitt quoll Blut.

»Beim Zeus, das war ein guter Schlag«, rief der Verwundete. »Bestimmt kannst du mich in ein paar Minuten erledigen.«

»Durchaus nicht«, widersprach der andere. »Nicht, so lange du dich so brillant verteidigst. Ich bin sicher, ich hätte diesen Schlag niemals auffangen können.«

»Ja, aber jetzt hast du die Wunde in meiner Schulter wieder geöffnet«, sagte der Erste. »Bestimmt werde ich bald verbluten.«

»Ach herrje«, sagte der andere. »Und dabei war sie doch gerade erst verheilt.«

»Macht nichts. Kämpfen wir weiter?«

»Natürlich. Stirb, Verräter!«

Gawains verkniffene Lippen lockerten sich ein wenig und er ließ Guingalet auf die Kämpfenden zutraben. »Ich bitte um Verzeihung«, sagte er. »Ich hoffe, ich störe nicht gerade.«

»Wenn ich ehrlich sein soll«, sagte der Verwundete, »dann stört Ihr durchaus ein wenig.«

»Aber Brian«, sagte sein Gegner. »Sei doch nicht so unhöflich.«

»Wieso denn nicht«, fragte der Erste. »Er hat uns ja schließlich gefragt. Und ich finde, wenn hier einer unhöflich ist, dann er. Es ist doch offensichtlich, dass wir zu tun haben.«

Gawain räusperte sich. »Sehr wahr, Herr Ritter, aber wenn Ihr meine taktlose Neugier verzeihen mögt, dann sagt mir doch, wobei ich hier störe.«

Die beiden Ritter erstarrten und der Verwundete sagte: »Ich weiß wirklich nicht, was Euch das angeht.«

»Ganz recht«, stimmte der andere zu.

Gawain nickte verständnisvoll und sagte: »Ihr habt schon Recht, es geht mich eigentlich nichts an. Aber vielleicht kann ich als unparteiischer Vermittler Eure Meinungsverschiedenheit schlichten. Denn Ihr wollt Euch doch sicher nicht gegenseitig umbringen?« Er stieg vom Pferd und trat vor die beiden Ritter hin.

»Nein, natürlich nicht«, sagte der Verwundete. »Aber wie soll ein Ehrenmann sich denn angesichts solcher Beleidigungen verhalten? Man darf doch keine Schwäche zeigen!«

»Genau«, stimmte der andere zu. »Es wäre feige, um Vermittlung zu bitten.«

»Was für Beleidigungen?«, hakte Gawain nach.

Die beiden zögerten und wechselten einen Blick. Gleich darauf sagte der Verwundete: »Habe ich dich als abtrünnigen Ritter bezeichnet? Oder du mich?«

»Du hast mich feige genannt, das weiß ich noch.«

»War das, bevor du mich einen gemeinen Schuft geschimpft hast, oder danach?«

»Vorher, da bin ich mir sicher.«

»Was ist mit Lump? Ich bin sicher, das du mich als Lump bezeichnet hast!«

»Du bist ja auch einer! Du Schurke!«

»Ich ein Schurke? Nein, wer hier ein Schurke ist, das bist du!«

Wieder hoben die beiden Ritter ihre Schwerter, doch Gawain trat dazwischen. »Aber wie hat denn das alles angefangen?«, fragte er.

Wieder wechselten die beiden Ritter einen Blick und dachten dann eine Weile nach. »Eine Frau war es nicht, das weiß ich«, sagte endlich der eine.

»Nein, nein. Wäre doch blöd, wegen einer Frau zu kämpfen«, meinte der andere. »Schuldest du mir Geld?«

»Nein, Geld war es auch nicht. Bestimmt fällt mir gleich alles wieder ein. Hast du meine Mutter beleidigt?«

»Natürlich nicht. Sie ist doch auch meine Mutter.«

»Was, wollt Ihr behaupten, Ihr seid Brüder?«, fragte Gawain.

»Großer Gott, wo haben wir unsere guten Manieren gelassen? Ich bin Sorlouse vom Walde, und das hier ist mein Bruder Brian vom Walde.« Beide Ritter verbeugten sich aufs Höflichste.

»Ihr seid wirklich zwei Obertölpel«, sagte Gawain. »Schämt Euch.«

Die Brüder wechselten einen kurzen Blick, dann hoben sie ihre Schwerter und wandten sich gegen Gawain. »Das lasse ich mir von keinem sagen«, erklärte Sourlouse.

»Ich auch nicht«, stimmte Brian zu. »Zieht Euer Schwert, Lump!«

»Nein«, sagte Gawain.

Wieder wechselten die Brüder einen Blick. »Seid ihr ein Feigling?«, fragte Sorlouse. Gawain zuckte mit den Schultern und Sorlouse rief: »Abtrünniger Ritter! Verräter!«

»Gemeiner Schuft!«, fügte sein Bruder hinzu. »Und … und …«

»Nichtswürdiger«, schlug Gawain vor.

»Nichtswürdiger, danke«, sagte Brian.

»Ich kämpfe trotzdem nicht mit Euch«, sagte Gawain. »Ich habe zu tun.«

»Aber Ihr wart nicht zu beschäftigt, um Euch in unsere Angelegenheiten einzumischen«, fauchte Sorlouse ihn an.

»Ich bitte natürlich um Verzeihung, aber ich wollte Euch bloß fragen, ob Ihr einen weißen Hirsch gesehen habt, der von einer weißen Bracke verfolgt wurde.«

»Richtig«, riefen die Brüder wie aus einem Mund. »Wir haben uns gestritten, wer durch die Verfolgung des weißen Hirschs Ehre erwerben darf!«, erklärte Brian.

»In welche Richtung sind sie gelaufen?«, fragte Gawain. Die Brüder zeigten gen Norden und Gawain winkte Tor und Terence zu und rief: »Na los.«

Als sie an den beiden Rittern vorüberritten, sagte der eine: »Aber was ist mit uns?«

»Sucht Euch einen anderen Grund zum Streiten«, rief Gawain über seine Schulter zurück.

Als sie auf der anderen Seite der Wiese in den Wald ritten, hörte Terence einen der Brüder fragen: »Bist du sicher, dass du mir kein Geld schuldest?«

Gawains Gesicht war nicht mehr so ernst, als sie Sorlouse und Brian verließen, und als Tor dann wenige Minuten später neben ihn ritt und »Lump« flüsterte, lächelte er zum ersten Mal seit zwei Tagen.

»Der Himmel möge uns vor den Einfältigen beschützen«, sagte Gawain kopfschüttelnd.

»Eins macht mir Gedanken«, sagte Tor. »Den Hirsch haben sie erwähnt, den Hund aber nicht. Ich hoffe, die beiden sind nicht getrennt worden.«

»Daran habe ich noch gar nicht gedacht«, erwiderte Gawain. »Willst du zurückreiten und fragen?«

»Nein, das hätte auch keinen Sinn. Wenn sie wirklich getrennt worden sind, dann muss ich ja doch dem Hirsch folgen und hoffen, dass der Hund ihm auch nachsetzt.«

Weniger als eine Stunde später entdeckten sie den Hirsch. Der äste friedlich auf einer Wiese, während der weiße Hund nirgendwo zu sehen war. Tor murmelte eine Verwünschung, dann rief er: »Viel Glück, Gawain. Hier trennen sich unsere Wege«, während Gawain und Terence die Windhunde von der Leine ließen und hinter ihnen hergaloppierten. Der Hirsch jagte durch den unwegsamsten Teil des Waldes, dicht gefolgt von Pferden und Hunden. Terences Pferd fiel hinter Guingalet und den Windhunden zurück, doch er konnte sich problemlos am Schnauben und Kläffen der Tiere orientieren. Und dann hörte er Stimmen.

Terence brach durch ein Dornengestrüpp und sah einen Fluss. Auf dem einen Ufer saß Gawain auf Guingalet, auf dem anderen wartete ein fremder Ritter auf einem Schimmel. Gawain rief dem anderen Ritter in gereiztem Tonfall zu: »Habt Ihr den Verstand verloren?«

»Nicht dass ich wüsste, Herr Ritter, aber ich sage Euch noch einmal, dass kein Ritter diesen Fluss überqueren wird, wenn er nicht mit mir kämpft«, rief der Fremde zurück.

»Warum nicht?«, fragte Gawain.

»Ich bin Alardin vom Berge, der Hüter dieses Flusses.«

»Wovor behütet Ihr ihn denn? Glaubt Ihr, ich wolle hineinspucken?«

»Weder Ihr noch irgendein anderer Ritter wird den Fluss überqueren, ohne es mit mir zu tun zu bekommen«, entgegnete Alardin vom Berge.

»Habt Ihr eigentlich nichts Gescheiteres zu tun?«, fragte Gawain.

»Weder Ihr noch irgendein anderer Ritter …«

»Alles klar, geschenkt«, brüllte Gawain. »Na gut, hier bin ich. Dann kämpfen wir halt, wenn Euch das so wichtig ist.« Gleich darauf erreichten er und Terence auf ihren triefenden Pferden das andere Ufer.

»Und jetzt auf in den Kampf!«, sagte Alardin zufrieden.

»Womit denn?«, fragte Gawain. »Ich habe keine Lanze bei mir.«

»Ich werde Euch eine Lanze geben, Herr Ritter«, sagte Alardin. Er ritt in den Wald und kehrte wenige Sekunden später mit einer Lanze zurück. Er reichte sie Gawain und sagte: »Wir werden von diesen beiden Flaggen aus losreiten.« Er zeigte auf zwei Wimpel, die eine kurze Strecke entlang des Flussufers markierten. Gawain schüttelte den Kopf, ritt aber an die ihm zugewiesene Stelle.

»Jetzt«, rief Alardin und die Ritter jagten aufeinander zu. Gawains Lanze schien einmal kurz zu schwanken, dann stieß sie die von Arladin zur Seite, um gleich darauf auf dessen Brustharnisch zu treffen. Es gab ein lautes Dröhnen und beide Pferde bäumten sich auf. Als sie den Boden wieder erreichten, saßen weiterhin beide Ritter im Sattel. Alardin hielt noch immer seine Lanze in der Hand, mit der er Gawain um mehrere Zoll verfehlt hatte, Gawain dagegen hatte nur noch einen Rest von seiner. Der Großteil der Lanze lag in hundert Stücke zerbrochen auf der Wiese.

»Woraus war diese Lanze denn gemacht?«, fragte Gawain wütend. »Aus Kork?«

Alardin klappte sein Visier hoch und schaute Gawain überrascht und voller Wut an. »Auf zur zweiten

Runde«, fauchte er, ließ sein Pferd wenden und galoppierte zu seinem Fähnchen zurück.

»Wollt Ihr mir keine neue Lanze geben?«, rief Gawain.

»Ihr hattet eine Lanze und habt sie vergeudet«, brüllte Alardin und griff an.

Gawain fluchte und zog sein Schwert. Er erteilte Guingalet einen kurzen Befehl, und der tänzelte vor Alardin hin und her. Alardin, der seine Lanze in der rechten Hand hielt, drehte sie so, dass sie quer über seinem Leib lag, doch Gawain hatte ihn schon erreicht. Er packte die Lanze unterhalb der Spitze, und die Bewegung der Pferde warf beide Ritter aus dem Sattel. Alardins Pferd stürzte, versuchte wieder hochzukommen und fiel dann mit gebrochenem Bein auf eine Seite.

»Du Hund«, rief Gawain wütend und rappelte sich auf. »Hoch mit dir!«

Alardin mühte sich auf die Knie und senkte den Kopf. »Ich ergebe mich Eurer Gnade«, sagte er.

Gawain verwünschte ihn heftig. »Nichts da! Ihr habt den Kampf verlangt, also kämpft jetzt. Ihr habt soeben ein edles Tier mit Euren Grillen zerstört. Also, aufgestanden.«

»Herr Ritter«, begann Alardin. Gawain versetzte ihm einen Tritt ins Gesäß. Nach einer Sekunde der Überraschung kam Alardin mühsam auf die Beine, zog sein Schwert und rief: »Dafür werdet Ihr bezahlen!«

Gawain tötete ihn mit einem Schlag, der tief in

Alardins Helm eindrang. »*Salaud*«, murmelte Gawain. Dann nahm er seinen Helm ab und ging zu Alardins Pferd hinüber, das sich am Boden wand. Er packte den Kopf des Pferdes, drückte ihn an sich und sang leise etwas Besänftigendes in einer Sprache, die Terence nicht kannte, bis sich das Pferd beruhigte. Dann blitzte Gawains Schwert erneut auf und das Pferd lag tot zu seinen Füßen. Er schwang sich auf Guingalet und zeigte mit düsterer Miene nach Norden. »Da lang.«

Sie hörten die Windhunde, die weiterhin dem Hirsch auf den Fersen waren, nicht mehr, aber Gawain wich von seinem nördlichen Kurs nicht ab. Nach kurzer Zeit hatten sie eine einsame Burg mitten im Wald erreicht. Die Zugbrücke war herabgelassen und Terence konnte drinnen Hunde bellen hören. Ohne zu zögern galoppierten sie über die Brücke und auf den zentralen Burghof, auf dem der Hirsch bereits tot dalag und die Hunde sich an seinem blutenden Kadaver zu schaffen machten. Gleichzeitig mit ihnen tauchte ein beleibter Ritter in voller Rüstung auf dem Burghof auf. Er sah den toten Hirsch, stieß einen erschrockenen Schrei aus, zog sein Schwert und machte sich über die Windhunde her. Sein Schwert blitzte rechts und links auf, und in Sekundenschnelle lagen fünf Windhunde tot neben dem Hirsch, während der sechste wimmernd davonkroch, wobei er ein fast abgetrenntes Hinterbein hinter sich herzog. Gawain sprang vom Pferd und tötete den verwundeten Hund mit einem einzigen Gnadenhieb. Dann drehte er sich sehr langsam zu dem Ritter um.

»Warum zum Teufel habt Ihr das getan?«, fragte er mit gefährlich ruhiger Stimme.

»Der Hirsch war das Schoßtier, das meine Dame mir geschenkt hatte«, erwiderte der Ritter.

»Aber warum deshalb die Hunde töten?«, fragte Gawain. »Die haben nur das getan, wozu sie erzogen worden sind. Wenn Ihr Rache wollt, dann greift den Jäger an.«

»Seid Ihr der Jäger?«, fragte der Ritter.

»Der bin ich.«

Der Ritter sagte nichts, er hob nur sein Schwert, rannte auf Gawain zu und schlug aus Leibeskräften nach ihm. Gawain lenkte den Hieb ab und verpasste dem Ritter einen Schlag, der diesen auf seiner linken Seite traf und ins Schwanken brachte. Gawain ließ diesem Hieb einen weiteren folgen, der seinen Gegner rechts traf. Der Ritter taumelte und wäre fast in die Knie gegangen.

»Einen Schlag für jeden Hund, den Ihr getötet habt«, sagte Gawain langsam. Wieder traf er den Ritter zuerst links, dann rechts, dann wieder links. Der Ritter ging zu Boden, versuchte aber, wieder auf die Beine zu kommen. Gawain wartete, bis er sich auf die Knie erhoben hatte, dann sagte er: »Und noch einen Hieb für den Hund, den ich Euretwegen töten musste.« Wieder hob er sein Schwert und Terence wandte sich ab.

Doch kein Schlag und kein dumpfes Aufklatschen eines abgetrennten Kopfes oder eines verstümmelten Leibes drangen zu Terences Ohren vor. Er hörte stattdessen einen schrillen, hohen Jammerruf, der von den Burgmauern widerhallte, und schaute auf. Eine Dame in einem scharlachroten Gewand war auf den Burghof gerannt und hatte sich über den Ritter geworfen. Gawains Schwert schwebte noch immer über dessen Kopf, aber er konnte nicht zuschlagen, ohne die Dame zu treffen.

»Verschont ihn, edler Held«, schrie die weinende Dame. »Ohne meinen Ritter wäre mein Leben leer und sinnlos. Er ist mein ganzes Leben.« Sie schluchzte krampfhaft und die Tränen liefen in Strömen über ihr vor Angst verzerrtes Gesicht.

»Na gut, von mir aus«, sagte Gawain und ließ sein Schwert sinken. »Ich werde ihn verschonen, wenn Ihr mit Weinen aufhört.«

»Oh Sir! Ihr seid die Blüte des Rittertums, der edelste aller Ritter, Ihr wisst, dass keine Tugend einen Ritter so sehr ziert wie die Barmherzigkeit, ich ehre Euch und Eure edlen Eltern«, rief die Frau, ohne mit Schluchzen aufzuhören.

»Ja, ja, schon gut. Ihr braucht das nicht zu übertreiben«, sagte Gawain eilig. Der geschundene Ritter kam hinter seiner Dame auf die Füße und blieb für einen Moment unsicher stehen. Dann hielt er seine Dame wie einen Schild vor sich, hob sein Schwert und versuchte noch einmal Gawain zu treffen. Gawain konnte den Hieb problemlos abwehren, und der Ritter trat zurück. Seine immer noch weinende Dame zu seinem Schutz weiterhin dicht an sich gepresst.

»Euch kann ich wirklich nur verachten«, sagte Gawain ungläubig. Er machte eine Finte nach links. Als der andere Ritter seinen weinenden Schild in diese Richtung drehte, wirbelte Gawain in die Gegenrichtung und ließ sein Schwert auf den Fuß seines Gegners knallen. Der Ritter heulte vor Schmerzen auf und ließ die Dame los. Gawain stieß sie grob von ihrem Geliebten fort. Der Ritter fasste sich wieder und schlug nach Gawain, doch Gawain wich aus und zielte mit aller Kraft auf den Hals des Ritters. Ehe der Schlag jedoch sein Ziel treffen konnte, warf die Dame sich wieder vor ihren Geliebten. Gawain konnte seinen Schlag nicht mehr ablenken und der Kopf der Dame fiel zwischen Gawain und den Ritter auf den Boden.

Einen langen Moment starrten die beiden ihn in entsetztem Schweigen an. Dann fiel der andere Ritter auf die Knie und umklammerte den Leichnam seiner Dame.

»Tötet mich«, flüsterte er endlich.

»Nein«, sagte Gawain mit heiserer Stimme. »Das wäre eine zu sanfte Strafe. Ihr könnt den Körper Eurer Dame beerdigen, doch ihren Kopf – und den des Hirschs – werdet Ihr nach Camelot bringen und König Artus erzählen, wie Ihr Eure Dame als Schild benutzt und uns beide für den Rest unseres Lebens in

Schande gestürzt habt. Und wenn Ihr das nicht tut, werde ich Euch jagen, bis ich Euch gefunden und getötet habe. Verstanden?«

Der Ritter nickte.

»Wie heißt Ihr?«, fragte Gawain.

»Ich bin Sir Ablamor von der Marsch«, sagte der Ritter. »Und ihr Name war …«

»Nein!«, rief Gawain. »Das will ich nicht wissen. Sagt dem König, dass Sir Gawain Euch geschickt hat. Und jetzt geht!«

Gawain stieg wieder auf Guingalet und ohne einen Blick auf Terence zu werfen ritt er langsam aus der Burg und über die Zugbrücke. Schweigend folgte ihm Terence.

»Milord«, sagte er, als er ihn eingeholt hatte. »Es war nicht Eure Schuld.«

Gawain schüttelte den Kopf und mehr gab es nicht zu sagen.

Zwei Stunden später fanden sie Tor auf einer Wiese, wo er sich heftig mit einer Dame stritt. Zu Tors Füßen kniete ein Ritter und die weiße Bracke hockte neben Tors Pferd. Hinter ihm saß ein Zwerg auf einer wunderschönen schwarzen Stute und folgte dem Wortwechsel völlig ungerührt.

»Herrin, ich sage Euch, er hat sich mir bereits ergeben«, sagte Tor.

»Und was spielt das für eine Rolle?«, fragte die Dame. »Das ist Sir Abelleus.«

»Schön für ihn«, erwiderte Tor gereizt. »Und wer ist Sir Abelleus?«

»Der falscheste Ritter, der je auf einem Pferd saß«, erklärte die Dame dramatisch, »vor meinen eigenen Augen hat er meinen Bruder ermordet«, rief sie. »Sein einziges Ziel ist es, wackere Ritter niederzuschlagen.«

»Vielleicht wird ihm das hier eine Lehre sein und er hört damit auf«, sagte Tor. Er schaute den knienden Abelleus an. »Versprecht Ihr, von jetzt an brav zu sein und keine wackeren Ritter mehr niederzuschlagen?«

»Aber sicher«, sagte Abelleus und nickte energisch.

»Und seid Ihr bereit, mich diesen Hund zurück zum Hof führen zu lassen, ohne mich daran zu hindern?«

»Ja, Sir. Es tut mir Leid, dass ich Euch lästig gefallen bin, Sir.«

»Und bereut Ihr, den Bruder dieser Dame getötet zu haben?«

»Aber sicher doch. Tut mir wirklich Leid, meine Dame.«

»Dann ist die Sache geklärt. Was soll er Euch zur Genugtuung bezahlen, was meint Ihr?«, fragte Tor die Dame.

»Das habe ich Euch doch schon gesagt«, sagte sie und wedelte dramatisch mit den Armen. »Er muss mit seinem Leben büßen.«

»Wie wäre es mit seinen Ländereien? Habt Ihr irgendwelche Ländereien?«, fragte Tor den Ritter.

»Ich habe in Winchelsea eine Burg«, sagte der. »Aber die müsste renoviert werden.«

»Wie wäre es mit einer heruntergekommenen Burg in Winchelsea?«, fragte Tor die Dame.

»Nie im Leben!«, rief diese.

»Sie ist nicht wirklich heruntergekommen. Wenn das Dach erst repariert ist, kann es wieder eine sehr hübsche Burg sein«, sagte Abelleus.

»Abelleus wird für die Reparaturen sogar bezahlen, oder?«, fragte Tor. Abelleus nickte heftig.

»Ich werde keine Ruhe haben, solange wir beide leben!«, rief die Dame.

Der Zwerg schnaubte und sagte zum ersten Mal etwas. »Damit wäre das Problem doch gelöst, Sir Tor. Tötet die Dame.«

»Ich kann doch keine Dame töten, Plogrun«, widersprach Tor.

»Soll ich das übernehmen?«, fragte Abelleus eifrig.

»Ach, haltet die Klappe«, sagte Tor. Inzwischen waren Gawain und Terence bei ihm angekommen. Tor wandte sich zu ihnen um und sagte: »Hallo, Gawain. Terence.«

»Tor«, erwiderte Gawain.

»Das ist Plogrun«, sagte Tor. »Mein Knappe. Ich habe ihn vorhin aufgelesen. Er diente ein paar richtigen Mistkerlen, die mich herausgefordert haben. Ich habe sie geschlagen, und er sagte, er wolle lieber mir folgen. Ich glaube, er wird sich recht gut machen. Plogrun, das sind Sir Gawain und sein Knappe Terence.«

»Es ist mir eine Ehre, Sir«, sagte Plogrun und verbeugte sich so tief, wie das für einen Zwerg überhaupt möglich ist. »Nett dich kennen zu lernen, Terence.«

»Hallo«, sagte Terence.

»Entschuldigung«, sagte Abelleus. »Ich will ja nicht stören, aber ...«

Gawain sagte: »Ja, lass dich von uns nicht aufhalten, Tor. Du hast eben gesagt, dass du keine Dame töten könntest.« Gawain lächelte, aber nur mit den Lippen.

»Ich weiß wirklich nicht, was daran so schwer sein soll«, sagte der Zwerg.

»Rein gar nichts«, stimmte Abelleus zu. »Wirklich, das ist viel leichter als bei Männern.«

Tor musterte ihn verachtungsvoll. »Langsam habe ich das Gefühl, dass ich Euch doch noch töten sollte.«

»Das sage ich ja die ganze Zeit«, erklärte die Dame.

»Aber ich habe mich doch schon ergeben«, erinnerte ihn Abelleus.

Gawain schaltete sich ein. »Hör mal, Tor, wenn du Probleme damit hast, eine Dame zu töten, dann lass das doch jemand anderen machen.«

»Ein sehr guter Vorschlag«, sagte der Zwerg beifällig.

Plötzlich zuckten Tors Lippen und er sagte: »Ja, ich glaube, das wäre eine Lösung.«

»Ihr wollt diesem Schurken erlauben mich zu töten?«, fragte die Dame ihn. Ihre Augen waren so rund wie Münzen. »Wie könntet Ihr einen dermaßen erbärmlichen Anblick denn nur ertragen?«

»Ich könnte mich abwenden«, sagte Tor.

»Warum?«, fragte Abelleus.

Tor achtete überhaupt nicht auf ihn, sondern sagte: »Es sei denn, natürlich, Ihr würdet Abelleus' Buße annehmen.«

Die Frau schlug beide Hände vor ihrer Brust zusammen und jammerte: »Ach, dass eine edle Dame sich solches gefallen lassen muss!« Plötzlich zog sie einen Dolch aus ihrem Kleid und stürzte sich auf Abelleus. Der packte ihren Arm und konnte ihr den Dolch entwinden. Er hob die Hand, um der Frau ihren eigenen Dolch ins Herz zu stoßen, da schlug ihm Tor den Kopf ab.

Tor fluchte. Die Dame aber packte Abelleus' Kopf und schwenke ihn triumphierend. »Ja! Ja! Ich träume schon lange davon, dich so zu sehen!«

»Na, ich hoffe, der Anblick gefällt Euch«, sagte Tor wütend und bohrte zu ihren Füßen sein Schwert in den Boden. »Denn Ihr werdet Euch daran satt sehen können. Reich mir mal ein Seil, Plogrun.« Tor nahm das Seil und befestigte Abelleus' Kopf mit verwirrend vielen unterschiedlichen Knoten daran. Dann hängte er ihn mit grobem Zugriff um den Hals der Dame.

»Den Kopf dürft Ihr erst in Camelot entfernen. Das Seil … das Seil ist mit einem Zauberspruch belegt, und wenn Ihr versucht, es vorher durchzuschneiden oder abzustreifen, dann … dann wird Eure Nase dreimal so groß werden wie jetzt. Und jetzt geht. Und nehmt diese Bracke mit«, fügte Tor hinzu und drückte der

Dame die Hundeleine in die Hand. »Wenn Ihr Artus' Hof erreicht habt, dann werdet Ihr von Eurer Grausamkeit erzählen und diesen Hund mit den besten Grüßen von Sir Tor überreichen. Geht jetzt endlich!« Die Frau trottete davon, und der Kopf ihres Feindes hüpfte dabei auf und ab und verschmierte ihr Kleid mit Blut.

»Ein magisches Seil?«, fragte Gawain eine Minute später.

Tor grinste. »Ich hatte das Gefühl, dass man sie leicht an der Nase herumführen kann. Schließlich hat Sie dir auch geglaubt, als du behauptet hast, du könntest eine Frau töten.«

Gawain und Terence tauschten einen Blick, schwiegen jedoch beide.

Marhault und Morgane

Die beiden Ritter und ihre Knappen ritten über einen verschlungenen Waldweg nach Osten. Tor ritt neben Gawain an der Spitze und erzählte dabei seine Geschichte. Er hatte in den wenigen Stunden, seitdem sie sich getrennt hatten, drei Kämpfe gewonnen und war sichtlich mit sich zufrieden. In seiner Aufregung schien er nicht zu bemerken, dass Gawain über seine eigenen Abenteuer schwieg.

Terence ritt neben dem Zwerg Plogrun, doch obwohl er ihn verstohlen immer wieder anschaute, traute er sich nicht, den fremden Knappen anzusprechen. Dann brach endlich Plogrun das Schweigen.

»Du heißt Terence?«, fragte er höflich.

»Ja, Sir.«

»Nenn mich nicht Sir. Ein Knappe erweist allen Rittern und allen Damen seinen Respekt, einem anderen Knappen jedoch nie.«

»Verzeihung, Sir«, murmelte Terence.

»Da hast du's. Jetzt hast du es schon wieder gemacht«, tadelte der Zwerg. »Und zu entschuldigen brauchst du dich auch nicht.«

Terence wollte schon wieder um Verzeihung bitten, biss sich aber gerade noch rechtzeitig auf die Zunge.

»Gut«, sagte Plogrun. »Du reitest wie ein Sack Mehl, du musst also noch ziemlich neu sein.«

»Geht dich nichts an«, fauchte Terence.

»Schon besser«, lobte Plogrun. »Brauchst dich doch nicht zu schämen, weil du neu bist. Und einen guten Herrn hast du auch. Jeder Knappe ist nur so gut wie sein Ritter. Sieh mich an, einen besseren Knappen als mich gibt es nicht, aber mit meinen Herren hatte ich nur Pech, das kann ich dir sagen. Du hast ja keine Ahnung, welche Erleichterung es ist, endlich einem so viel versprechenden Ritter zu dienen wie Sir Tor. Natürlich ist er jetzt noch kein wirklicher Ritter. Hat Abelleus aus reinem Dusel besiegt, aber trotzdem habe ich nur selten einen jungen Ritter gesehen, der so gute Zukunftsaussichten zu haben schien.«

Nachdem sie eine weitere Stunde lang schweigend durch den Wald geritten waren, hielten Gawain und Tor vor einer großen, sonnigen Lichtung an. Ein Bach floss auf ihrer einen Seite, und Terence sah darin eine Forelle springen.

»Terence! Kannst du Forellen kochen?«, rief Gawain.

»Eine meiner Spezialitäten, Milord«, erwiderte Terence eifrig.

»Dann werden wir hier übernachten«, sagte Gawain. »Ich kümmer mich um dein Pferd, Terence. Du gehst derweil Fische fangen.«

»Ein hervorragender Herr«, murmelte Plogrun, als Terence vom Pferd sprang und zum Bach hinüberlief.

Das Wasser war frisch und kühl, es wimmelte nur so von Fischen, und die Bäume am Ostufer spendeten großzügig Schatten. Terence bastelte sich in aller Eile eine Angelrute und einen Haken, fing eine Hand voll Insekten als Köder und machte es sich am Ufer bequem. Nichts hätte angenehmer und entspannender sein können. Die anderen schlugen ungefähr zehn Meter weiter unter zwei Trauerweiden das Lager auf. Bald gesellten sie sich zu ihm.

»Glück gehabt, Terence?«, fragte Tor. Terence grinste und zeigte auf die vielen Fische, die er hinter sich zu einem Stapel aufgetürmt hatte.

Gawain hockte sich neben ihn. »Du brauchst den Bach nicht leer zu fischen, Terence. Vielleicht bleiben wir eine Weile hier.«

»Mein Pferd?«, fragte Terence rasch.

»Ja. Wir haben es nach den gestrigen Torturen zu sehr strapaziert. Wenn es sich ein paar Tage ausruhen kann, kommt es wieder in Form, hoffe ich.«

Tor grinste und setzte sich neben Gawain. »Ich muss auch nicht so bald wieder am Hof sein. Hier gefällt es mir besser.«

»Und ich habe den Eindruck«, fügte Plogrun nachdenklich hinzu, »dass diese Wiese hier für eine Runde Kampftraining wie geschaffen ist.«

»Brauchst du Kampftraining, Plogrun?«, fragte Tor grinsend.

»Nein, Sir. Um Vergebung, aber ich dachte, Ihr könntet die Gelegenheit nutzen um zu lernen, Eure Lanze mit Eurer Rüstung und nicht mit Eurem Körper zu sichern, schließlich könnt Ihr es Gottes Güte verdanken, dass Ihr beim Kampf gegen Abelleus nicht Ellbogen, Handgelenk und alle Rippen gebrochen habt – sondern nur die Lanze«, sagte Plogrun trocken. »Das soll natürlich keine Beleidigung sein.«

Gawain lachte schallend. Tor wurde rot, lächelte dann aber viel sagend.

»Pst«, sagte Terence. »Da beißt einer.«

Damit begannen zwei idyllische Wochen, die mit Zweikämpfen, allerlei Scherzen und allgemeiner Ausbildung gefüllt wurden. Plogrun brachte Terence bei, wie eine kräftige Esche gespalten und zu einer Lanze gemacht wird. Dann stellten sie elf stumpfe Trainingslanzen her – was zusammen mit einer spitzen, die Tor Plogruns früheren Herren abgenommen hatte, ein volles Dutzend ergab –, während Gawain und Tor auf der Lichtung mit Schwertern fochten. Terence zeigte Plogrun, der über die köstlichen Forellen gestaunt hatte, einige Kochtricks, und Plogrun, ein geschickter Bogenschütze, unterrichtete Terence im Schießen.

Kaum waren die neuen Lanzen in der Sonne getrocknet, als Gawain und Tor auch schon zum Zweikampf antraten. Tor fiel das viel schwerer als Gawain, doch er nahm seine Niederlagen mit Humor. Plogrun beobachtete jeden Angriff kritisch und überhäufte seinen jungen Herrn, sobald er zu Boden gegangen war, zusammen mit Gawain mit guten Ratschlägen und Kritik. Und Tor konnte auch jetzt noch sein Lächeln entschlossen beibehalten.

Nach einigen Tagen machte Terence eine seltsame Entdeckung. Die Ritter übten stets den ganzen Morgen und legten dann mittags eine Pause ein, doch während Tor erschöpft im Schatten lag, wirkte Gawain mindestens so frisch und ausgeruht wie zu Anfang. Erst gegen Abend schien er müde zu werden. Terence erwähnte das eines Abends, als Tor und Plogrun außer Hörweite waren. Gawain machte zuerst ein verdutztes Gesicht, doch dann sagte er: »Richtig, Knabe. Du hast Recht. Mittags habe ich das Gefühl, ich könnte es mit einer ganzen Armee aufnehmen.« Sie tauschten einen Blick, dann fügte Gawain hinzu: »Das ist die Gabe deines Einsiedlers, nicht? Dass meine Kraft mit der Sonne steigt. Ich habe seit damals nicht mehr daran gedacht.«

Wenn Terence das Training langweilig fand, schlüpfte in den Wald, um Bogenschießen zu üben oder Kräuter zu sammeln. An einem schönen warmen Tag entdeckte er eine frische Wildfährte. Die Vorstellung, zum Abendessen frischen Wildbraten servieren zu können, war gar zu verlockend, und Terence folgte der Fährte. Als er einen Bogen um einen seichten, trüben und mit grünem Schaum bedeckten Tümpel machte, hörte Terence eine Stimme. Lautlos ließ er sich zu Boden sinken und schaute sich um, doch obwohl die Stimme weitersprach, konnte er nicht feststellen, woher sie kam. Nachdem er sich endlich erfolglos in alle Richtungen umgeschaut hatte, warf Terence einen Blick in den Tümpel und hielt den Atem an.

In dem trüben Wasser konnte er ein vages Bild erkennen. Zwei Gestalten standen in einem schwarzen, wüsten Wald. Eine war ein Ritter mit heruntergelassenem Visier, die andere war die schönste Frau, die Terence je gesehen hatte. Der Ritter bewegte sich nicht, die Frau jedoch legte auf dem steinigen Boden dünne Zweige zu einem komplizierten Muster zusammen und rezitierte dabei etwas in einer fremden Sprache. Als Terence sie anstarrte, wandte sie sich zu ihm um und ihre Blicke begegneten sich. Terence sah, wie ihre Augen sich weiteten und wie ihr Blick dann hart wurde. »Wer bist du?«, schrie sie ihn durch das Wasser hindurch an.

Terence sprang auf seine Füße, taumelte rückwärts und ließ sich hinter einen umgestürzten Baum fallen, wo er fast auf eine kleine grüne Gestalt getreten wäre, die sich bequem auf dem Weg ausgestreckt und die Hände hinter dem Kopf verschränkt hatte.

»Hoi! Pass doch auf, wo du hintrittst, du Dussel«, rief der Kleine. Terence stolperte weiter und ließ sich ins Gebüsch fallen. Vor sich hatte er denselben kleinen Kobold, der ihn zu Gawain und später zu den Fünf Königen geführt hatte. Der Elf grinste und fragte: »Na, hast du die Sprache verloren?«

»Ich wünschte, du würdest mich nicht immer so überraschen«, keuchte Terence endlich.

Der kleine Mann lachte. Er reichte Terence die Hand, die Terence müde ergriff. Die Hand des Männleins war beruhigend warm und fest. Terence hatte noch nie einen Elfen berührt. Der Kleine schüttelte Terences Hand wieder ab und sagte kichernd: »Wenn ich es nicht besser wüsste, dann würde ich sagen, du freust dich gar nicht über unser Wiedersehen. Das verletzt mich, Terence, das tut es wirklich. Ich hätte fast Lust, sofort wieder zu gehen.«

»Na, ich halte dich nicht auf«, murmelte Terence. Er schaute über den umgestürzten Baum zurück auf den Weiher, doch das trübe Wasser bewegte sich nicht.

Wieder grinste der Elf. »Du möchtest doch sicher wissen, warum ich hier bin.« Terence schwieg und starrte nur weiter den Tümpel an. »Ich finde, wir sollten uns einander endlich einmal vorstellen.«

»Du scheinst meinen Namen doch schon zu kennen«, sagte Terence darauf.

»Ja, aber das ist auch alles«, sagte der andere. »Ich bin ein Bote und weiß nur, was mir gesagt wird. Und was mich betrifft, so kannst du mich Robin nennen.«

»Nett, dich kennen zu lernen, Robin«, sagte Terence und deutete eine Verbeugung an. »Und danke für deine Hilfe bei den Fünf Königen. Mein Herr hat an diesem Tag großen Ruhm gewonnen.«

»Ach, dein Herr. Dabei fällt mir etwas ein. Ich habe eine Nachricht für ihn vom Hof der Seelie.«

»Woher?«

»Vom Hof der Seelie. Stell nicht so viele Fragen. Du sollst ihm nur sagen, dass sein Ritterzug noch nicht zu Ende ist. Im Gegenteil, der hat gerade erst angefangen. Sag ihm, er soll den Rat der nächsten Verwandten annehmen, die er unterwegs trifft.«

»Von was für Verwandten redest du hier?«

»Du kannst von einem Boten wirklich nicht erwarten, dass er alles weiß, oder?« Robin grinste. »Aber eins kann ich dir sagen: Du musst jetzt zu eurem Lager zurückkehren. Da passiert nämlich gerade so allerlei.«

»Was denn?«, fragte Terence, aber Robin hielt sich den Finger an die Lippen und schüttelte den Kopf. »Also, los geht's, Knabe.«

Terence bewegte sich nicht. »Noch etwas. Wer war die Frau im Tümpel?«

Robins Lächeln verschwand langsam. »In diesem Tümpel?«, fragte er. Dann sprang er über den Baumstamm und schaute hinein. »Ich sehe keine Frau.«

»Jetzt sei nicht blöd«, fauchte Terence ihn an. »Du musst doch gehört haben, wie sie mich angeschrien hat.«

»Nein, Terence, ich habe nichts gehört. Erzähl mir von ihr. Wie war sie denn?«

»Sie war eine sehr schöne Frau, und neben ihr stand ein schweigender Ritter.« Terence zögerte und starrte den Elfen an. »Hör mal, Robin, willst du mich an der Nase herumführen? Ist das wieder einer von deinen Tricks?«

»Nein, Junge. Was hat die Frau gemacht?«

»Sie hat auf dem Boden ein Muster aus Zweigen gelegt. Und etwas gesungen, aber das konnte ich nicht verstehen. Hast du eine Ahnung, was das alles bedeuten kann?«

Robin machte ein düsteres Gesicht. »Nein, habe ich nicht. Ich habe dir doch gesagt, ich bin nur ein Bote. Aber ich kenne Leute, die das verstehen können. Ich werde ihnen sofort Bescheid sagen.« Er schaute Terence verwundert an. »Und ich habe wirklich nichts gehört oder gesehen. Ich wünschte, ich wüsste, wer du bist, mein Terence.«

Terence nickte. »Solltest du das herausfinden, dann lass es mich wissen.«

Zwanzig Minuten später hatte Terence die Lichtung erreicht. Gawain und Tor lehnten an einem Baum und unterhielten sich, ihre Pferde grasten in der Nähe. Plogrun saß am Bach und polierte eine Rüstung. Hinter ihnen saß, halb im Schatten verborgen, auf einem grauen Schecken ein Ritter in voller Rüstung und beobachtete sie. Terences Herz machte einen Sprung, aber es war nicht der Ritter, den er im Tümpel gesehen hatte.

»Milord?«, fragte Terence. Gawain schaute auf und Terence zeigte auf den fremden Ritter.

Gawain blickte sich um und murmelte dann: »Schweigsamer Hund, was?« Er rückte seinen Gürtel mit dem Schwert zurecht und ging dann über die

Wiese auf den Ritter zu. Ungefähr zwanzig Meter von diesem entfernt rief er: »Willkommen, Fremder. Lasst Euch für heute Nacht bei uns nieder, wenn Ihr wollt.«

Der Ritter rührte sich nicht, die einzige Bewegung war das Flattern eines dünnen gelben Wimpels, den er an seiner Lanze befestigt hatte. Gawain wartete eine Sekunde, dann sagte er: »Und wenn Ihr nicht bei uns übernachten mögt, dann seid Ihr uns doch als Essensgast willkommen.« Der Ritter rührte sich noch immer nicht. »Oder können wir Euch sonst auf irgendeine Weise behilflich sein?«, fragte Gawain hartnäckig.

Diesmal bewegte sich der Ritter. Er senkte die Lanze und zielte damit auf Gawains Brust. Gawain drehte sein Schwert so, dass er es noch leichter erreichen konnte, zog es jedoch nicht.

»Wollt Ihr mit mir kämpfen?«, fragte Gawain.

Der Fremde rührte sich nicht mehr, aber seine Lanze zeigte noch immer auf Gawains Brust.

»Hört mal, könntet Ihr vielleicht nicken oder den Kopf schütteln um mir zu sagen, ob ich richtig rate? Ich tappe hier wirklich im Dunkeln. Wollt Ihr mit mir kämpfen?«

Der Ritter nickte.

»Na, das ist doch immerhin schon etwas«, grunzte Gawain. »Es wäre sicher Zeitverschwendung Euch zu fragen, warum Ihr mit einem Wildfremden kämpfen wollt.«

Wieder nickte der Ritter.

»Wenn ich den Kampf verweigere, werdet Ihr dann weiterreiten?«

Der Ritter schüttelte den Kopf.

»Na gut, dann kämpfen wir eben, wenn Ihr darauf besteht«, sagte Gawain verächtlich. Er wollte sich umdrehen, doch in diesem Moment rief Tor: »Warte, Gawain. Ich möchte wissen, ob ich diesem schweigsamen Ritter wohl ein Geräusch entlocken kann.« Tor schwang sich in den Sattel und Plogrun reichte ihm die spitze Lanze. Gawain wollte etwas sagen, zuckte dann aber mit den Schultern und ging zu Terence und Plogrun hinüber. Tor ging dem fremden Ritter gegenüber in Stellung, die beiden hoben ihre Lanzen zum Gruß und galoppierten los. Sie trafen mit ohrenbetäubendem Krachen aufeinander. Tors Lanze wurde in die Luft geschlagen, sein Pferd bäumte sich auf, und Tor selber wurde aus dem Sattel geschleudert und landete glatte fünf Meter weiter hinten. Der fremde Ritter beruhigte seinen Hengst und wartete geduldig, bis Tor wieder auf die Beine gekommen war. Mühsam rappelte der sich auf und zog sein Schwert, doch der Ritter schüttelte den Kopf. Er drehte sich ein wenig und zeigte mit seiner Lanze auf Gawain.

»Was habt Ihr denn an Schwertern auszusetzen?«, fragte Tor wütend.

Der fremde Ritter kehrte zu seinem alten Platz am Rand der Wiese zurück. Nachdenklich sah Gawain ihm hinterher. »Plogrun, alter Junge«, sagte er. »Wer ist wohl der bessere Kämpfer? Er oder ich?«

»Das habe ich mich auch gerade gefragt, Sir«, erwiderte Plogrun langsam.

»Ich auch«, sagte Gawain. Er pfiff nach Guingalet und stieg in den Sattel.

»Hol für deinen Herrn eine Lanze, Terence«, befahl Plogrun mit schroffer Stimme. »Die da.« Er zeigte auf die Lanze, die Tor benutzt hatte und die noch immer mitten auf der Wiese lag. Terence holte sie, während Tor und Plogrun neben Guingalet traten.

»Er schlägt hart zu, Gawain«, sagte Tor.

Gawain nickte und ritt an die Stelle, an der auch Tor den Kampf begonnen hatte. Beide Ritter warteten einen Moment, hoben zum Gruß ihre Lanzen, ritten dann los und beugten sich im Sattel vor, hielten ihre Lanzen aber trotz der Bewegungen ihrer Pferde ruhig. Sie trafen einander in derselben Sekunde, und beider Lanzen zerbrachen in tausend Splitter. Beide Pferde bäumten sich auf und wieherten und beide Ritter landeten auf dem Rücken.

Gawain erhob sich, schüttelte benommen den Kopf, kam dann auf die Beine und zog sein Schwert. Der andere Ritter setzte sich auf, tastete sich behutsam ab, versuchte aber gar nicht erst aufzustehen. Er räusperte sich. Gawain ging auf ihn zu, doch der Ritter hob die Hand.

»Steckt Euer Schwert weg. Ich will nicht gegen Euch kämpfen. Oder gegen Euren Freund«, sagte der Ritter. Seine Stimme klang trocken und rau, und wieder räusperte er sich.

»Na gut, aber warum zum Teufel habt Ihr das dann getan?«, fragte Gawain.

»Habe ich richtig gehört, dass Euer Freund Euch Gawain genannt hat?«, fragte der Ritter, der nicht auf Gawains Frage achtete.

»Das kann schon sein. So heiße ich nämlich.«

Der Ritter rappelte sich mühsam auf. »König Artus' Neffe?« Gawain nickte. »Sir Gawain, es ist mir eine Freude, Euch kennen zu lernen. Eine Freude.« Er lachte plötzlich. »Viel, viel mehr als nur eine Freude. Wie seltsam, dass ich, der sich so lange nach Worten gesehnt hat, sie wiederfinden sollte nur um festzustellen, wie unzulänglich sie doch sind.«

Tor ging auf die beiden zu, seine Hand immer am Schwertgriff. Gawain nickte zu ihm hinüber. »Das ist Sir Tor, der ebenfalls zu Artus' Hof gehört.«

Der Ritter streckte die Hand aus. »Es ist mir ein Vergnügen, Sir Tor«, sagte er.

Tor murmelte: »Das ist wohl ganz auf Eurer Seite«, nahm jedoch die angebotene Hand.

»Ich bin Sir Marhault aus Cornwall. Ich bitte vielmals um Entschuldigung dafür, dass ich Euch belästigt habe, Sir Tor. Ich fürchte, ich bin Euch eine Erklärung schuldig.«

»Habt Ihr eine Geschichte zu erzählen?«, fragte Gawain.

»Ja. Es ist eine kurze Geschichte, aber für mich war sie sehr lang.«

»Dann werdet Ihr sie nach dem Abendessen erzählen«, erklärte Gawain. »Falls Ihr bleiben wollt, heißt das.«

Sir Marhault band seinen Helm ab und zeigte ein offenes, freundliches Gesicht. Er war vielleicht dreißig oder fünfunddreißig. »Es wäre mir ein Vergnügen«, sagte er.

Als spät an diesem Abend das Licht des Sommers zu schwinden begann, saßen die drei Ritter und die beiden Knappen um ein erlöschendes Feuer, sie waren angenehm satt und Sir Marhault begann seine Geschichte.

»Wie ich Euch erzählt habe«, setzte er an, »komme ich aus Cornwall, wo König Marke und Königin Isolde regieren und wo ich die Blüte der Ritterschaft war. Schon seit meiner frühen Jugend hatte ich stärkere Sehnen und größere Beweglichkeit als die meisten, und dank umfassender Übung und sorgsamer Studien gelangte ich zu hoher Vollkommenheit in den ritterlichen Künsten. Noch ehe ich das Mannesalter erreicht hatte, hatte ich die ruhmreichsten Ritter Cornwalls und sogar König Marke selber vom Pferd geworfen, und Ritter und Damen bewunderten mich gleichermaßen. Es ist also kein Wunder, dass ich eitel wurde, und als die Jahre verstrichen und ich immer neue junge Ritter besiegte, kannte meine Eitelkeit keine Grenzen mehr.

Dann, vor einem guten Jahr, begegnete ich einer schönen Dame, die meine übersättigten Augen betörte, doch sie wollte mir ihren Namen nicht nennen. Als ich sie nach ihren Beweggründen fragte, sagte sie nur, sie wolle ihren Namen einzig und allein dem größten Ritter des Landes kundtun. Ich lachte und prahlte, dass ich dieser Ritter sei und dass kein Ritter mich je geschlagen habe oder mich jemals besiegen werde. Doch die Dame war in Wirklichkeit eine Zauberin, die die Zukunft besser kannte als ich. Sie sagte, dass ich eines Tages von einem Ritter besiegt werden würde, der Anspruch auf weit größeren Ruhm erlangen werde, als mir das jemals möglich sei. Darauf belegte sie mich mit einem Zauber, der mich mit Stummheit schlagen sollte, solange ich nicht das Gefühl der Niederlage gekostet hätte.

Damals wurde ich zum stummen Wandersmann auf der Suche nach Rittern, die bereit waren, den Strauß zu wagen, und ich hoffte, irgendwann einen zu finden, der mir überlegen wäre. Doch bis ich Euch begegnet bin, Sir Gawain, wollte mir das nicht gelingen. Jetzt aber, wo ich endlich von dem Zauber befreit bin, weiß ich, dass wir den größten Sieg nicht durch unsere Stärke erzielen, sondern gegen unsere Schwäche.«

Gawain, Tor und Sir Marhault saßen an diesem Abend noch lange beisammen und sprachen über ihre Abenteuer und über die ritterlichen Künste, wie Sir Marhault sie nannte. Endlich kroch dann jeder dankbar unter seine Decke. Terence streckte sich in Gawains Nähe aus und wartete, bis alle gleichmäßig und ruhig atmeten. Dann streckte er zögernd die Hand aus und berührte Gawain an der Schulter.

Der zuckte leicht zusammen, und damit wusste Terence, dass er schon geschlafen hatte. Deshalb flüsterte er ganz schnell: »Milord?«

»Was denn, Terence?«, flüsterte Gawain zurück.

Doch jetzt, wo er mit Gawain endlich unter vier Augen sprechen konnte, wusste Terence nicht, wie er anfangen sollte. Aus irgendeinem Grund hatte er das Gefühl gehabt, Robins Botschaft sei ausschließlich für Gawains Ohren bestimmt. Er fuhr sich schnell mit der Zunge über die Lippen.

»Terence«, flüsterte Gawain noch einmal. »Stimmt etwas nicht?«

»Nein, Milord. Ich … ich soll Euch etwas ausrichten.«

»Was denn?« Gawain flüsterte jetzt noch leiser, aber Terence konnte doch den gespannten Tonfall nicht überhören.

»Milord, habt Ihr jemals von etwas gehört, das der ›Hof der Seelie‹ genannt wird?«, fragte Terence dann endlich.

»Was weißt du über den Hof der Seelie, Junge?«

»Nichts, Milord. Was ist das denn?« Terence rückte einige Zoll näher an ihn heran.

Gawain schwieg für einen Moment, dann sagte er: »Das Land der Feen ist zweigeteilt, Terence, es gibt den Hof der Seelie und den Hof der Unseelie. Der Hof der Seelie ist der der guten Feen – wie der Pechs, des schottischen Baumeistervolks, und der Daoine Sidhe, und auch das der kleinen Brownies und so. Sie sind nicht immer freundlich, aber sie sind nicht von Natur aus böse. Der Hof der Unseelie dagegen ist bevölkert von Hexen und bösen Gespenstern, von Trollen, Kobolden und allen anderen, die nur leben, um den Menschen zu schaden.« Gawain legte eine kurze Pause ein. »Und jetzt sag mir, wo du vom Hof der Seelie gehört hast.«

»Mir ist … mir ist heute ein Bote vom Hof der Seelie begegnet. Im Wald.«

»Und du bist sicher, dass dieser Bote vom Hof der Seelie kam?«

»Er … das hat er behauptet«, stammelte Terence.

»Das sagen sie alle, Knabe.«

»Ach«, sagte Terence.

»Egal, Terence. Was hat er gesagt?«, fragte Gawain freundlich.

»Er hat gesagt … er hat gesagt, dass dieser Ritterzug noch nicht zu Ende ist und dass Ihr dem Rat der Verwandten folgen sollt, die Euch als nächste begegnen.«

»Welcher Verwandten?«

»Das hat er nicht gesagt, Milord.«

»Ist das alles?«

Terence zögerte, beschloss dann aber, niemandem, nicht einmal Gawain, von den Gestalten im Wasser zu erzählen. »Ja, Milord.«

Wieder schwieg Gawain für lange Zeit. Endlich sagte er dann: »Es war richtig von dir, mir das erst jetzt zu erzählen, Terence. Aber nun lass uns schlafen. Morgen scheint ein verheißungsvoller Tag zu sein.« Einige Sekunden darauf flüsterte Gawain ganz leise: »Ich habe gewusst, dass du von Feen abstammst. Sonst würden sie dir niemals so viel erzählen.« Er kicherte verstohlen. »Gute Nacht, Kleiner.«

Am nächsten Morgen kämpften die drei Ritter auf der Lichtung mit Schwertern, während sich die beiden Knappen im Lager zu schaffen machten. Terence wollte gerade in den Wald gehen, um noch ein paar Arm voll Brennholz zu suchen, als er die Schlange entdeckte.

Es war eine dicke Schlange mit einem böse aussehenden dreieckigen Kopf. Ein leichter Rauchfaden stieg aus ihren geblähten Nasenlöchern auf und ein winziger Zackenkamm zog sich über ihren Rücken. Terence wusste, dass er ein gefährliches Ungeheuer vor sich hatte. Das Tier wand sich geschmeidig um eine schlanke Buche am Waldrand und krümmte dabei ausgiebig den Rücken. Terence erstarrte und wich dann langsam zurück. Als er sich dem Lager näherte, flüsterte er heiser: »Plogrun!«

Etwas in seiner Stimme hatte Plogrun offenbar alarmiert, denn nur eine Sekunde darauf stand er neben Terence. »Mögen alle Heiligen uns beistehen«, flüsterte er. »Das ist wirklich echte Ware, Junge.«

Die Bestie wand und schlängelte sich von Kopf bis Schwanz, schließlich zischte sie laut und wütend.

Beide Knappen fuhren zusammen. Dann machten sie kehrt und rannten auf die Ritter zu. Terence, der als Erster dort ankam, keuchte: »Milord! Milord!«

»Was ist denn los, Junge?«

Terence zeigte auf die Schlange, die sich noch immer um die Buche wand. Die Ritter starrten sie schweigend an, dann zogen sie ihre Schwerter und gingen auf den Baum zu. Terence schluckte und folgte ihnen. Plogrun trat neben ihn, er keuchte und murmelte: »Um eine Dame zu retten, vielleicht, aber warum gegen so ein Ding kämpfen, wenn es nicht sein muss. Das wüsste ich gern. Leben und leben lassen, sage ich.«

Sie näherten sich der Bestie und jeder Ritter maß sie mit Blicken. »Was für ein grauenhaft aussehendes Untier«, sagte Sir Marhault.

»Ah«, zischte die Schlange, »aber die grauenhaftesten sind manchmal die besten, Sir Marhault.«

Alle fuhren sie zusammen und das Tier lachte.

»Habt Ihr je von einer sprechenden Schlange gehört?«, fragte Tor.

»Nein, Sir Tor. Niemals«, erwiderte Sir Marhault. Gawain runzelte nur die Stirn.

»Aber die Liebe kennt Ihr auch erst dann, wenn Ihr etwas Grauenhaftes geliebt habt«, sagte die Schlange jetzt. »Welcher von Euch schmucken Rittern will mein Bräutigam sein?« Die Schlange wand sich ekstatisch um die schlanke Buche, stieß leise Zischgeräusche aus und ließ feine Rauchnebel aus ihren Nasenlöchern und ihrem offenen Mund entweichen.

»Du warst schon immer ein verdrehtes Gör, Morgane«, sagte Gawain plötzlich. Er grinste und fügte hinzu: »Aber wenn du in dieser Gestalt Männer umwerben musst, dann macht dir sicher dein Alter zu schaffen. Falten um die Augen, was?«

Die Augen der Bestie funkelten ihn an und mit wütender Stimme, die keinerlei Spuren des schlangenhaften Zischens mehr aufwies, fauchte sie: »Ich bin nur ein Jahr älter als du, Neffe, vergiss das nicht.«

»Aber Frauen altern doch viel früher, meinst du nicht?«, säuselte Gawain als Antwort.

Die Schlange zischte, lachte dann aber und erwiderte mit derselben Stimme wie zuvor: »Ich bin noch immer schön genug, um dünkelhafte Ritter von ihren Siegen faseln zu lassen, damit ich mich beeindruckt zeige.« Langsam änderte die Schlange nun ihre Gestalt, der lange Schwanz teilte sich und wurde zu zwei überaus wohlgeformten Beinen, dann erschien der ebenso wohlgeformte Leib einer Frau. Ehe ihre Gestalt aber vollständig zu sehen war, fiel die Schlangenhaut von ihren Schultern seidenweich an ihr herab, und vor ihnen stand eine wunderschöne blonde Frau. Nur das leichte Glänzen ihres Kleides erinnerte noch an die Schlange, die sie einen Moment zuvor hier gesehen hatten.

Terence schluckte trocken. Die Frau vor ihm hatte eine andere Haarfarbe und sah auf unerklärliche Weise jünger aus, aber ansonsten war sie fast das genaue Ebenbild der Frau, die er im Tümpel gesehen hatte.

Gawain plauderte munter weiter: »Miststück. Tor, Sir Marhault, das ist mein altes Tantchen, Morgane le Fay.«

»Dreckskerl«, zischte Morgane.

»Wir kennen uns schon«, sagte Sir Marhault steif. Die Frau lachte, Gawain sah Sir Marhault an, und langsam schien er zu begreifen.

»Natürlich, das hätte ich mir ja denken können. Wer außer meiner lieben Tante hätte euch so viel Qualen auferlegt? Du bist wirklich eine Hexe, weißt du, Morgane.«

»Ich nenne das lieber Zauberin, Neffchen«, sagte sie lächelnd. »Und welcher von euch beiden Rittern hatte die Ehre, meinen Zauber zu brechen und diesen jungen Dachs zu demütigen?«

»Ich, du Biest«, sagte Gawain.

»Du? Ts, ts, es gibt doch immer wieder Wunder. Und dabei warst du doch gestern noch ein frecher kleiner Rotzbengel.« Sie lächelte wieder und fügte hinzu: »Aber wir Frauen sind so viel früher reif, meinst du nicht?«

Gawains Augen funkelten und er verbeugte sich. »Und wirst du heute unser Gast sein, liebe Tante?«

»Nein, nein, das würde Marhault niemals zulassen. Und außerdem, Neffchen, bin ich gekommen, um dir zu helfen. Ich möchte dir einen guten Rat geben.« Terence erstarrte und Gawain schaute kurz zu ihm herüber.

»Ach was?«, fragte Gawain freundlich. »Aber das

hätte ich mir doch denken können. Du bist ja immer so umsichtig. Nicht übertreiben, Herzchen. Was hast du wirklich vor?«

»Es stimmt schon, dass ich mich nie besonders für dich interessiert habe, Gawain – und wer sollte mir daraus einen Vorwurf machen? Deine ritterlichen Ideale widern mich an. Aber du bist trotz allem nicht der Schlimmste in unserer Sippschaft. Und deshalb habe ich mich heute so für dich ins Zeug gelegt. Du musst nach Osten reiten. Und zwar sofort. Das ist alles.« Gleich darauf war sie verschwunden. Die Ritter starrten einander lange an. Dann sagte Sir Marhault: »Eure Tante, sagt Ihr?«

»Die jüngste Schwester meiner Mutter«, Sir Gawain wandte sich dem Lager zu. »Na, hier trennen sich wohl unsere Wege.«

»Ihr wollt doch nicht etwa behaupten, dass Ihr ihren Rat befolgen werdet?«, fragte Sir Marhault entgeistert.

»Was soll ich denn sonst machen? Wenn ich es nicht tue, dann werde ich mich bis an mein Lebensende fragen, was ich versäumt habe.«

Tor lächelte. »Musst du diese Reise allein antreten, Gawain? Ich habe im Moment doch nichts Wichtiges zu tun. Kann ich mich also anschließen?«

»Und was ist mir mir?«, fragte sofort Sir Marhault. »Welche Teufelei Eure Tante auch immer planen mag, vielleicht wird Euch ein zusätzliches Schwert von Nutzen sein.«

Gawain nickte. »Ja, kommt mit, wenn ihr wollt.«

Und innerhalb einer Stunde brachen sie auf. Wieder folgten sie dem schmalen Waldweg, der sie zu der Wiese gebracht hatte. Gawain und Terence führten sie an und ritten langsam vor den anderen her.

»Dein Bote scheint Recht gehabt zu haben, Terence«, sagte Gawain ruhig.

»Ja, Milord«, sagte Terence.

»Aber wir wissen noch immer nicht, ob er uns wohl oder übel gesonnen ist. Morgane kann genauso gut mit dem Hof der Unseelie verbandelt sein wie mit dem der Seelie. Bei ihr weiß man einfach nie. Ich habe gesehen, wie sie einen Mann in Staub verwandelt hat, nur weil er unhöflich gewesen war, aber auch, wie sie mit einem Kind Wiesenblumen pflücken ging.«

Dann wurde es heller und die kleine Truppe verließ den Wald und erreichte eine von der Sonne beschienene Lichtung. Mitten auf der Lichtung befand sich ein uralter Steinbrunnen, in den wilde Muster eingemeißelt waren. Hinter dem Brunnen standen drei gesattelte Schimmelstuten und auf einer Bank in der Nähe saßen drei Damen in weiten Seidengewändern. Eine der Damen war sehr alt und ein feines Netz aus Runzeln überzog ihr Gesicht und ihren Hals, doch ihre Augen leuchteten scharf und durchdringend. Die zweite Dame war vielleicht fünfunddreißig oder vierzig, sie sah erfahren aus und ihre ruhige Anmut schien zeitlos. Die dritte Dame konnte nicht älter als neunzehn sein und war eine strahlende Schönheit.

Alisoun die Blutrünstige

Terence ritt hinter Gawain und der jungen Schönheit und hörte sich deren niemals versiegenden Strom belanglosen Geplauders an. Sie waren nun schon seit mehr als zwei Stunden unterwegs, und nicht ein einziges Mal hatte die Dame – die Lady Alisoun hieß – für einen Moment zu reden aufgehört. Sie plapperte über die anderen Ritter, mit denen sie umhergezogen war, über ihre Waffen, darüber, wie sehr die Herren ihre Schönheit bewundert hatten, und vor allem verbreitete sie sich über ihre Kämpfe. Terence, der bereits eine tiefe Abneigung gegen Lady Alisoun entwickelt hatte, wünschte sich von Herzen, dass am Brunnen alles anders gekommen wäre.

Als die drei Ritter den Brunnen erreicht hatten, hatten die drei Damen gelächelt und sie herzlich willkommen geheißen. Die Dame im mittleren Alter hatte einen eleganten Knicks gemacht und sagte: »Wir heißen drei fahrende Ritter willkommen. Kommt und lasst Eure Pferde trinken.«

Sir Marhault verneigte sich und sagte: »Wir grüßen Euch, Ihr edlen Damen, und danken Euch.« Die Damen warteten schweigend, während die Reisenden

Wasser aus dem Brunnen holten. Dann wandte Sir Marhault sich wieder an die Dame, die sie begrüßt hatte, und fragte: »Woher wisst Ihr, dass wir auf Ritterfahrt sind, wenn wir fragen dürfen?«

Die Dame lächelte und antwortete: »Nur fahrende Ritter können den Weg zu diesem Brunnen finden. Wenn Ihr Euch gestärkt habt, dann wird jeder von Euch eine von uns wählen, die mit ihm reitet, und wir werden Euch zu Euren Abenteuern führen. Zu einem Zeitpunkt, den wir jetzt verabreden werden, werden wir uns hier wieder treffen und uns unsere Geschichten erzählen. Wir sind übrigens die Drei Fahrenden Damen.« Sir Marhault machte ein verwirrtes Gesicht. »Das ist Euer Wunsch, meine Dame?«, fragte er. Sie nickte und lächelte noch einmal. Sir Marhault schaute Gawain und Tor an. »Was sagt ihr, Freunde?«

»Ich sage dasselbe wie vorhin, als Morgane mich in diese Richtung geschickt hat. Wir müssen es ausprobieren, sonst werden wir uns den Rest unseres Lebens fragen, was wir versäumt haben«, erklärte Gawain.

Tor und Sir Marhault nickten. Terence schaute zu Plogrun hinüber und war überrascht, als er die ohnmächtige Wut im Gesicht des Kleinen sah. Die Augen des Zwergs hingen an der ältesten Dame.

»Wollen wir dann beschließen, dass wir uns in drei Monaten hier wieder treffen?«, fragte die Dame, die für alle drei zu sprechen schien. Die Ritter wechselten einen Blick und nickten. »Sehr gut«, sagte sie sodann. »Und jetzt müsst Ihr wählen. Wer soll der Erste sein?«

Zuerst schwiegen alle drei Ritter. Dann sagte Sir Marhault: »Sir Tor, wählt Ihr!«

»Na gut«, sagte Tor. Er musterte die drei nachdenklich und sagte dann: »Ich bin der Jüngste und der am wenigsten Erfahrene unter uns, und deshalb wähle ich die Erfahrenste unter Euch.« Er schaute die alte Dame an. »Wärt Ihr bereit, mich zu begleiten, Herrin?«

Mit einem triumphierenden Leuchten in den Augen erhob sich die alte Dame und lachte. »Ich wusste es. Ich wollte, dass Ihr mich erwählt.«

»Alle Heiligen mögen Euch schützen«, rief Plogrun angewidert. »Von allen Frauen auf der Welt sucht Ihr Euch gerade diese aus!«

»Was …«, setzte Tor an, doch die Dame fiel ihm ins Wort.

»Und das war nur richtig so«, sagte sie. »Ich werde alle Hände voll zu tun haben, um ihm den ganzen Unsinn auszutreiben, den du ihm in den Kopf gesetzt hast.«

Plogrun lief tiefrot an und sagte: »Sir, bitte, vielleicht könntet Ihr doch eine andere wählen.«

In Tors Mundwinkel zuckte ein Muskel und er sagte: »Kennst du die Dame denn schon?«

»Lady Lyne – wenn man sie als Dame bezeichnen kann, und wenn Ihr es damenhaft findet, mehr Zeit mit Schwertern und Lanzen zu verbringen als mit Stickerei und Musik, dann weiß ich wirklich nicht, wo Ihr Euren Verstand gelassen habt –, wie gesagt, diese *Dame* und ich sind uns vor einigen Jahren begegnet.«

Tor hob die Augenbrauen und wollte gerade etwas sagen, doch wieder fiel ihm die Dame ins Wort. »So lange ist es noch nicht her, als dass ich nicht mehr wüsste, wie dein kostbarer Sir Linas auf dem Rücken im Dreck gelandet ist. Bestimmt hattest du auch ihm alle deine Künste beigebracht.«

»Hmmpf. Als ob diesem Trottel irgendjemand etwas beibringen könnte. Aber wenn ich ihn unterrichtet hätte, dann hätte er Euren Sir Monocus im Handumdrehen erledigen können.«

»Plogrun«, sagte Tor mit fester Stimme. »Ich will keinen Knappen, der zu einer Dame unhöflich ist.«

Plogrun schloss vernehmbar den Mund, kochte aber immer noch vor Wut. Die Dame musterte den Zwerg triumphierend, dann sagte sie zu Tor: »Ganz recht, Sir Tor. Ich sehe eigentlich überhaupt keinen Grund für einen Knappen.«

»Nicht einmal dann«, sagte Tor, der Plogrun noch immer ansah, »wenn die Dame selbst keine Manieren hat.« Lady Lyne errötete und Plogruns Augen leuchteten auf. Tor wandte sich wieder an die Dame. »In welche Richtung, Herrin?«, fragte er höflich.

Wortlos zeigte die Dame nach Süden und schwang sich geschickt auf ihr Pferd. Tor schaute Gawain viel sagend an, verdrehte die Augen und ritt los.

Als die drei im Wald verschwunden waren, fragte die Dame, die für alle drei gesprochen hatte: »Und wer soll der Nächste sein?«

»Ihr, Marhault«, sagte Gawain.

»Vielen Dank, Gawain«, sagte Sir Marhault. Er schaute die Dame mittleren Alters an und lächelte höflich. »Wenn es Euch recht ist, dann würde ich mich von Eurer Gesellschaft geehrt fühlen, meine Dame«, sagte er.

»Es ist mir recht«, sage sie und erwiderte sein Lächeln. Dann erhob sie sich graziös und ging zu ihrem Pferd. Sir Marhault half ihr in den Sattel. Sie zeigte nach Norden, und gleich darauf waren die beiden verschwunden.

»Und nun, wie mir scheint, bleibt mir die Schönste von allen«, sagte Gawain und bedachte die jüngste Dame mit dem Lächeln, das sich bei den Damen von Camelot als so erfolgreich erwiesen hatte. »Ich hätte mir kein größeres Glück wünschen können.« Gawain verbeugte sich höflich.

Sie zeigte ihre Lachgrübchen und sagte: »Ich heiße Alisoun und ich bin sehr froh darüber, dass Ihr mich erwählt habt, denn Ihr habt Euch angehört wie der Kühnste von allen, als Ihr gesagt habt, dass Ihr kein Abenteuer auslassen könnt. So sollte ein Ritter doch eigentlich sein, findet Ihr nicht? Er darf keine Möglichkeit auslassen, bis zum Tode zu kämpfen und abtrünnige Ritter und Drachen und Riesen zu töten und selber am Ende auf dem Feld der Ehre zu fallen. Es ist ein hartes und grausames Leben, findet Ihr nicht? Ich finde das, aber ich kann mir einfach nicht vorstellen, wie jemand sich ein anderes Leben wünschen könnte, oder was meint Ihr? Ach, ich kann Euch sagen, mir sind so viele feige Ritter begegnet, die aus den fadenscheinigsten Gründen vor Kämpfen davongelaufen sind, Ihr würdet es nicht glauben, wenn ich es Euch wirklich erzählen wollte. Oh nein, Ihr braucht mir nicht in den Sattel zu helfen, so schwach bin ich nun wirklich nicht. Ein Ritter, den ich begleitet habe, hat mir sogar sein Ersatzschwert überlassen. Er sagte, ich solle mich hineinstürzen, falls er getötet würde, aber ich habe natürlich nicht auf ihn gehört, schließlich werden alle meine Ritter getötet. Das ist ein sehr niederschmetternder Gedanke, das kann ich Euch sagen. Aber ich habe das Schwert trotzdem behalten, natürlich nicht, um mich hineinzustürzen, sondern um es zu benutzen, wenn ich je in einen Kampf verwickelt werde. Haltet Ihr es für undamenhaft, mit einem Schwert zu kämpfen? Ich nicht, und ich bin ganz sicher, dass Lady Lyne das genauso sieht, auch wenn sie das mir gegenüber nie erwähnt. Wisst Ihr, manchmal glaube ich, dass sie, wenn sie mit anderen zusammen ist, viel mehr redet als bei mir.«

»Was Ihr nicht sagt«, sagte Gawain.

Und das, dachte Terence, waren seine letzten Worte. Seit zwei Stunden beschrieb Lady Alisoun nun schon blutige Zweikämpfe und noch blutigere Schwertduelle, die sie gesehen hatte, und die vielen Ritter, die sie begleitet hatte und denen allen die große Ehre zuteil geworden war, in der Blüte ihrer Jahre von irgendeinem abtrünnigen Ritter niedergemetzelt zu werden. Lady Alisoun redete sehr viel über abtrünnige Ritter, worunter sie offenbar jeden Ritter verstand, mit dem sie gerade nicht unterwegs war, aber sie hatte nicht eigentlich etwas gegen sie und beschrieb ihre Geschicklichkeit, mit der diese Ritter ihre Begleiter umgebracht hatten, in denselben glühenden Wendungen wie die Leistungen ihrer eigenen Ritter.

»Und dann«, sagte Lady Alisoun gerade, »nachdem er Sir Nimlegs Beine unter den Knien abgehackt hatte, legte Sir Winchell mir eins davon zu Füßen und sagte, ich allein habe ihn dazu inspiriert, einen so entsetzlichen Kampf auf so blutige Weise zu gewinnen, und das war nicht ganz angenehm, weil das Bein natürlich noch immer blutete, aber im Grunde war es ja doch rührend. Ich glaube, Sir Winchell war vielleicht der größte Ritter, der mir je gedient hat, denn er hatte einen solchen Sinn für Dramatik, findet Ihr nicht? Jedenfalls hatte er das, bis Sir Abelleus ihn mit einem Knüppel erschlagen hat. Ich finde, Knüppel sollten in Zweikämpfen verboten werden, denn sie sind wirklich so ungefähr dasselbe wie Keulen, und die sind wirklich zu plump, und wenn ich etwas nicht ertragen kann, dann Plumpheit.«

»Habt Ihr Sir Abelleus gesagt?«, fiel Gawain ihr ins Wort.

»Richtig. Oh, der ist ein schrecklicher Kämpfer, er ist so ein richtiges Heckentor von Troja. Er ist stark wie ein Ochse. Ich hoffe, wir begegnen ihm unterwegs, damit Ihr ihn für mich töten könnt.«

»Ich glaube nicht, dass mir das gelingen wird«, sagte Gawain.

Das verschlug Lady Alisoun die Sprache, wenn auch nur für eine Sekunde, in der sie Gawain fassungslos anstarrte. »Also, ich wollte nicht sagen, dass er *so* stark ist«, sagte sie dann.

Gawain grinste sie an und sagte: »Und ich wollte nur sagen, dass Abelleus schon tot ist.«

Lady Alisoun klatschte begeistert in die Hände und sagte: »Wunderbar! Ach, das ist wunderbar! Und habt Ihr ihn getötet?«

»Ich fürchte, nein, aber ich war immerhin dabei, und ich kann Euch sagen, er hat heftig geblutet. Sir Tor, der junge Ritter, mit dem ich vorher zusammen geritten bin, hat ihn getötet.«

»Ach.« Sie schaute sich voller Bedauern um. »Und wie ist das passiert?«

»Er hat ihm den Kopf abgeschlagen«, sagte Sir Gawain.

»Großartig! Genau das hat Abelleus mit Sir Winchell gemacht. Aber was hat er mit dem Kopf gemacht? Abelleus hat auf dem von Sir Winchell herumgetrampelt.«

Gawain machte ein ernstes Gesicht. »Nun ja, es war eine Dame anwesend, die sich als viel blutrünstiger erwiesen hatte, als sich das für eine Dame – oder überhaupt für irgendeinen Menschen – gehört, und deshalb hat Sir Tor ihr Abelleus' Kopf um den Hals gehängt.«

»Oh«, sagte Lady Alisoun.

»Die gerechte Strafe, findet Ihr nicht?«, fragte Gawain freundlich.

»Oh sicher«, stimmte sie sofort zu. »Ich kann undamenhafte Frauen nicht ausstehen. Ihr vielleicht?«

»Ich weiß nicht genau, was damenhaft ist und was nicht, aber diese Dame konnte ich auf keinen Fall ertragen.«

Terence kicherte und Lady Alisoun bedachte ihn mit einem scharfen Blick. Dann sah sie wieder Gawain an. »Habt Ihr schon einmal jemandem den Kopf abgehauen?«

Gawain runzelte kurz die Stirn, dann sagte er: »Wenn ich das hätte, würdet Ihr das für eine Heldentat halten?«

»Aber sicher«, sagte sie sofort.

»Dann wäre es nicht sehr ritterlich von mir, damit zu protzen, oder? Ein Ritter sollte doch bescheiden sein.«

»Ach, aber bei mir braucht Ihr doch nicht bescheiden zu sein. Ich bin ja schließlich Eure Dame.«

»Im Gegenteil«, widersprach Gawain. »Gerade vor einer Dame sollte ein Ritter ganz besonders bescheiden sein.«

»Ach«, Lady Alisoun runzelte die Stirn. »Aber wenn Ihr niemandem von Euren Heldentaten erzählt, dann könnten die Leute doch denken, dass Ihr gar keine begangen habt.«

Gawain schüttelte ganz leicht den Kopf. »Aber darum geht es doch gerade, meint Ihr nicht?«

Lady Alisoun machte ein recht dummes Gesicht, ließ sich aber nicht beirren. »Nein. Heldentaten zu begehen und sie dann zu verschweigen erscheint mir als pure Dummheit. Ich weiß natürlich, dass ein Ritter nicht wie ein Prahlhans auftreten soll, aber Ihr könntet mir doch von Euren Heldentaten berichten, und ich erzähle dann anderen davon.« Gawain schüttelte nur den Kopf. »Also wirklich«, sagte Lady Alisoun empört. »Sollen die Leute denn nichts von Euren Triumphen erfahren?«

»Das schon«, sagte Gawain. »Das wünsche ich mir sogar. Und deshalb behalte ich sie ja gerade für mich: ich habe nämlich den Verdacht, dass ich es mir gar zu sehr wünsche.«

»Ich verstehe Euch einfach nicht«, sagte Lady Alisoun, und dieses eine Mal war Terence ganz ihrer Ansicht.

»Da kann ich Euch keine Vorwürfe machen«, sagte Gawain freundlich. Er berührte Guingalet mit dem Absatz und ritt vor Lady Alisoun her.

Bald lichtete sich der Wald und die Reisenden sahen Bauernhöfe, Weideflächen und in der Ferne etwas, das aussah wie eine Burg. Gawain verlangsamte sein Tempo, blieb dann stehen und fragte: »Hörst du etwas, Terence?«

Terence lauschte auf den Wind. »Pferde, Milord. Und nicht wenige.«

»Mal nachsehen. Vielleicht können wir für Lady Alisoun ein paar Glieder abhacken«, sagte Gawain.

Sie ritten einen Hang hinauf und sahen eine Vielzahl von Rittern in Rüstung. Auf der einen Seite eines langen Feldes standen zehn Ritter in einer stummen Reihe. Auf der anderen Seite saß ein einziger Ritter allein auf einem Pferd. Während sie noch zusahen, senkte der Erste in der Reihe der Ritter seine Lanze und griff den einsamen Ritter an. Der einsame Ritter hob seinen Angreifer mit Leichtigkeit aus dem Sattel und ritt auf seine Seite des Feldes zurück. Dann griff der zweite Ritter an, und der einsame Ritter warf ihn Hals über Kopf ins Gras. Dem dritten Ritter geschah dasselbe. Terence schaute zu Gawain hinüber, der sich das alles mit einem Lächeln ansah.

»Na?«, fragte Lady Alisoun eingeschnappt. Gawain blickte sie leicht überrascht an.

»Was denn?«, fragte Gawain höflich.

»Wollt Ihr denn nichts unternehmen?«

Gawain runzelte die Stirn. »Was sollte ich denn unternehmen, Herrin?«

»Diesem armen Ritter helfen, der da allein kämpft, das ist doch klar.«

»Meint Ihr, dass er Hilfe braucht?« Der vierte und der fünfte Ritter wurden von der Lanze des Einsamen zu Boden befördert.

»Findet Ihr zehn gegen einen denn nicht unritterlich?«, fragte Lady Alisoun.

»Das schon. Aber das hier ist zehn Mal einer gegen einen. Wenn sie ihn alle gleichzeitig angreifen, dann helfe ich ihm sofort.«

»Wisst Ihr, was ich glaube? Ich glaube, Ihr habt Angst.«

Gawain bedachte sie mit einem kurzen Blick, der keinerlei Interesse bekundete, und sie versank in wütendes Schweigen.

Die drei sahen zu, bis endlich auch der zehnte Angreifer aus dem Sattel gehoben worden war. »Aber was ist denn das?«, fragte Gawain.

Der einsame Ritter war vom Pferd gestiegen und ging jetzt mit ausgestreckten Händen auf die besiegten Ritter zu. Sofort fesselten diese ihn, schlugen auf ihn ein und bespuckten seine Rüstung. Der einsame Ritter machte keinerlei Versuch, sich zu verteidigen. Während Gawain und die anderen noch zusahen, packte einer der zehn das Pferd des einsamen Ritters. Mit Triumphgebrüll wickelten die zehn Ritter ihren Bezwinger dann in ein Seil und banden ihn so unter den Bauch seines Pferdes, dass sein Kopf zwischen dessen Beinen steckte.

»Was soll das denn, Milord?«, keuchte Terence.

»Ich habe keine Ahnung, Terence.«

»Werdet Ihr ihm jetzt helfen?«, fragte Lady Alisoun.

»Ich kann vieles tun«, meinte Gawain, »aber jemandem helfen, der keine Hilfe will, das kann ich nicht. Wenn er nicht ins untere Auge seines Pferdes blicken wollte, dann hätte er einfach wegreiten können.«

»Meint Ihr, er wollte so enden?«, fragte Lady Alisoun verächtlich.

»Sieht so aus, oder nicht?«

»Das ist doch lächerlich!«

»Da kann ich nicht widersprechen«, erwiderte Gawain. Sie sahen zu, wie die zehn geschlagenen Ritter auf ihre Pferde stiegen und mit ihrem gedemütigten Gefangenen fortritten. Als sie außer Sichtweite waren sagte Gawain: »Und jetzt weiter.«

Lady Alisoun sah ihn dermaßen verachtungsvoll an, dass Terence sie am liebsten geschüttelt und ihr von Gawains Kämpfen mit Ablamor und Alardin und Hautubris erzählt hätte, doch wenn Gawain von ihr für einen Feigling gehalten werden wollte, dann musste Terence eben schweigen. Zehn Minuten später begegneten ihnen zwei Ritter. Einer war mittelgroß und trug eine prunkvolle Feder auf seinem Helm, der andere war um einiges größer und hatte sein Visier geschlossen.

»Hallo«, rief der Ritter mit der Feder. »Kommt Ihr von weit her?«

»Seid gegrüßt«, antwortete Gawain. »Nicht sehr weit, einfach aus dem Wald.«

»Auf Ritterfahrt, was?« Der Ritter grinste. Er hatte ein sympathisches Gesicht, das unter seinem offenen Helm von einigen sandfarbenen Haarsträhnen umrahmt war.

»Genau. Und Ihr?«, fragte Gawain zurück.

»Naja, nicht gerade auf Ritterfahrt, aber so lange ich in dieser blöden Rüstung stecke, hätte ich nichts gegen ein bisschen Abwechselung. Ihr habt nicht zufällig Lust auf einen kleinen Zweikampf, oder?«

Zu Terences Überraschung war Gawain sofort bereit. Sie markierten auf einer nahe gelegenen Wiese das Gelände und die beiden ritten los. Terence, Lady Alisoun und der andere Ritter schauten zu. Gawain zog unmittelbar vor dem Zusammenstoß der Lanzen Guingalet nach rechts, weshalb die Lanze des blonden Ritters ihn um fast einen Meter verfehlte, während Gawain diesen im Vorüberreiten mit seiner am Rücken berührte. Der blonde Ritter lachte und rief etwas über seine Schulter. Lady Alisoun murrte: »Genau die feige Handlung, die ich von ihm erwartet hätte.« Terence errötete vor Wut.

In der zweiten Runde hob Gawain den blonden Ritter sauber aus dem Sattel, sprang dann zu Boden und schlug vor, für eine Weile auf Schwerter überzuwechseln. Die beiden fochten nun am Boden, kreisten sich gegenseitig ein und planten jeden Schwertstreich sehr sorgfältig. Der blonde Ritter war kein schlechter Kämpfer, doch selbst Terence konnte trotz seiner geringen Erfahrung erkennen, dass Gawain sich keine große Mühe geben musste.

Zum ersten Mal meldete sich nun der Ritter, der sein Gesicht verborgen hatte, zu Wort. Er fragte Lady Alisoun: »Habt Ihr irgendeinen Grund, edle Dame, am Mut Eures Ritters zu zweifeln?«

Lady Alisoun lachte verächtlich. »Vor weniger als einer halben Stunde haben wir einen Ritter gesehen, der gegen zehn Gegner kämpfen musste, und dieser feige Hund hat sich geweigert ihm zu helfen. Nicht einmal danach, als die zehn Ritter ihren kühnen Widersacher aufs Übelste demütigten, wollte er etwas unternehmen.«

Terence schnappte nach Luft. »So war das doch gar nicht!«, rief er empört.

Der Ritter beugte sich drohend vor, legte die Hand auf seinen Schwertknauf und sagte: »Wage ja nicht, einer Dame zu widersprechen, Junge, sonst wirst du meine Klinge kennen lernen.« Terence starrte ihn entgeistert an. An König Artus' Hof würde kein Ritter jemals einen Knappen bedrohen.

»Seht Ihr? Seinem Knappen bringt er auch keine Manieren bei«, erklärte Lady Alisoun beglückt.

Der Ritter wandte sich wieder ihr zu. »Es ist wirklich traurig, dass eine so bezaubernde Dame an einen so unzulänglichen Ritter gebunden ist.«

»Ach, ich bin nicht wirklich an ihn gebunden«, sagte sie und schlug die Augen nieder.

»Nicht? Ach, aber vielleicht ist es besser, dass Ihr einem solchen Ritter folgt. Er wird sich alle Mühe geben, der Gefahr auszuweichen, und das wird Euch den Anblick von Leid und Schmerzen ersparen.«

»Ich habe nichts gegen Leid und Schmerzen«, sagte sie bestimmt.

»Nicht? Aber dann habt Ihr nicht die blutigen Schlachten gesehen, die ich täglich ausfechten muss. Ich kann Euch sagen, die sind kein Anblick für eine Dame.«

»Wirklich?« Lady Alisouns Augen strahlten. »Sehr blutig?«

»Das pure Blutbad«, sagte der Ritter.

»Ich wünschte, ich könnte sie sehen«, sagte sie sehnsüchtig.

»Na, das könnt Ihr doch, wenn Ihr jetzt mit mir weiterreitet, Herrin«, sagte der Ritter. »Da Ihr diesem Ritter durch keinen Eid verbunden seid, meine ich.«

Lady Alisoun kannte kein Zögern. »Ja, reiten wir.«

Terence konnte es nicht fassen. Doch ehe er etwas sagen konnte, waren die beiden schon verschwunden. Er wandte sich den kämpfenden Rittern zu und fragte sich, ob Gawain ihm wohl zürnen würde, schließlich hatte er die Dame nicht zurückgehalten.

Ungefähr eine halbe Stunde später hob der blonde Ritter, der inzwischen vor Erschöpfung keuchte und stöhnte, die Hand und sagte: »Genug. Ihr spielt nur mit mir, habe ich Recht?«

Gawain hob sein Visier und grinste. »Naja, im Grunde schon. Ein wenig.«

»Es ist zu heiß, um weiterzukämpfen. Was sagt ihr zu einem Krug vom besten Bier der Gegend? Ich weiß hier in der Nähe ein Wirtshaus, das auf sein Bier stolz sein kann.«

»Klingt großartig«, Gawain lächelte. »Ich bin Sir Gawain von Camelot.«

»Camelot? Wirklich? Soll das heißen, dass ich gegen einen Ritter von der Tafelrunde gefochten habe?«

»Das habt Ihr.«

»Ach, mein Vater wird vor Begeisterung außer sich sein. Ich bin Sir Carados. Mein Vater ist der Herzog dieser Gegend und – aber sagt, wo steckt Eure Dame? Und wo der andere Ritter?«

»Kennt Ihr diesen anderen Ritter denn nicht?«, fragte Gawain.

»Nein, wir waren uns gerade begegnet, als wir Euch getroffen haben. Wo stecken sie?«

»Sie sind schon vor einiger Zeit weggeritten«, sagte Gawain gelassen. Er lächelte Terence an und sagte: »Ich hatte nur Angst, du könntest dich einmischen, Knabe, und sie zum Bleiben überreden. Aber es tut dir doch nicht Leid, dass wir sie verloren haben, oder was sagst du, Terence?«

Terence seufzte glücklich.

Eine Stunde später saßen sie vor drei Krügen voll schäumendem kalten Bier und Sir Gawain wandte sich seinem neuen Freund zu und sagte: »Sag mal, Carados, als Sohn des Herzogs musst du doch die meisten Leute hier in der Gegend kennen?«

»Alle, glaube ich«, sagte Sir Carados und wischte sich Schaum von den Lippen.

»Heute haben wir einen interessanten Anblick gehabt; ein Ritter kämpfte gegen zehn, besiegte sie und ließ sich dann von ihnen fesseln und fortführen. Wer um alles …«

»Seltsam, nicht? Aber das macht er immer«, fiel Sir Carados ihm ins Wort.

»Warum?«

»Das ist eine wirklich traurige Geschichte. Diese

Ritter stehen im Dienst der Dame, die er liebt, Lady Ettard. Ihr habt vermutlich unterwegs ihre Burg gesehen, auf dem Hügel im Osten. Er lässt sich von ihnen gefangen nehmen, weil er sie nur auf diese Weise sehen kann.«

Gawain kniff die Augen zusammen. »Ich verstehe«, sagte er. »Dann könnte ich ihn morgen in Lady Ettards Burg antreffen?«

»Das glaube ich nicht. Normalerweise setzt sie ihn nach einer Nacht im Kerker vor die Tür.«

»Aber wo könnte ich ihn dann finden?«

»Auf Dalinbrook Castle am Waldrand, keine zwei Stunden von hier entfernt«, sagte Sir Carados. »Er heißt Sir Pelleas.«

Pelleas, der Narr

Am nächsten Morgen um neun Uhr, nachdem sie bei Sir Carados' Familie einen angenehmen Abend verbracht hatten, erreichten Gawain und Terence Sir Pelleas' Burg Dalinbrook. Das Tor stand offen und einige Dienstboten lungerten herum und fegten ohne große Begeisterung den Burghof.

»Er ist offenbar noch nicht zu Hause«, sagte Gawain.

Sie warteten ungefähr zwanzig Minuten, dann traf Sir Pelleas ein. Sein Helm lag vor ihm auf dem Sattel, seine Rüstung war staubig und verschmutzt, sein Gesicht traurig und erschöpft. Als er Gawain und Terence sah, hielt er sofort an, sah fast erfreut aus, setzte den Helm wieder auf und hielt seine Lanze bereit.

»Sir Pelleas«, rief Gawain.

»Mach dich bereit zum Kampf, abtrünniger Ritter!«, rief Sir Pelleas zurück.

»Ich bin kein abtrünniger Ritter und ich werde mich nicht zum Kampf bereitmachen«, erwiderte Gawain energisch.

»Ich bitte um Vergebung?« Sir Pelleas hob sein Visier und blickte Gawain verwirrt an.

»Und ich komme nicht von Lady Ettard«, fügte Gawain hinzu.

»Ach, ich verstehe«, Sir Pelleas ließ den Kopf hängen. »Aber was wollt Ihr dann?«

»Ich bin ein fahrender Ritter auf Abenteuersuche und würde gern mehr über Eure Notlage hören. Vielleicht kann ich Euch helfen.«

Sir Pelleas ritt mit niedergeschlagenem Gesichtsausdruck näher. »Ich danke Euch für Euer Angebot, Herr Ritter, aber für einen wie mich gibt es keine Hilfe. Mein Leben ist zu Verzweiflung und Enttäuschung verurteilt.«

»Ach, so schlimm kann es doch gar nicht sein«, sagte Gawain aufmunternd. »Vielleicht könntet Ihr mir drinnen davon erzählen.« Er zeigte auf das offene Tor. »Wenn Ihr Euch gereinigt habt, natürlich«, fügte er hinzu.

Sir Pelleas seufzte tief und sagte dann: »Sehr wohl. Von meinen Leiden zu erzählen, kann sie nur vergrößern, aber ich werde Eure Wünsche erfüllen, ich, dessen Wünsche auf ewig unerfüllt bleiben werden.«

Eine Stunde später erschien Sir Pelleas bei Gawain und Terence in einem düsteren, ziemlich kalten Raum. »Verzeiht, dass es so lange gedauert hat, Herr Ritter. Aber in Lady Ettards Kerker wimmelt es nur so von Insekten.«

Sir Pelleas war ein kräftiger, außergewöhnlich gut aussehender Ritter, dessen energisches Kinn von einem sehr gepflegten kastanienbraunen Bart bedeckt wurde. Er trug einen wunderschön gewebten braunen, mit goldenen Spitzen besetzten Kittel und glänzende schwarze Strümpfe. Seine Erscheinung war zwar ein wenig nüchtern, aber auf jeden Fall elegant. »Ich bin Sir Gawain von den Rittern der Tafelrunde«, sagte Gawain. »Ich habe geschworen, Notleidenden zu helfen, und deshalb biete ich Euch alle Dienste an, zu denen ich im Stande bin.«

»Ich danke Euch«, sagte Sir Pelleas. »Aber Ihr könnt mir nicht helfen.«

»Aber wollt Ihr mir nicht von … Eurem Kummer erzählen?«, fragte Gawain.

Sir Pelleas seufzte und bot Gawain einen Stuhl an. Terence trat neben ihn, während Sir Pelleas im Zimmer hin und her lief.

»Ich liebe die schönste Frau der Welt«, sagte er und starrte verträumt die Deckenbalken an. »Sie ist die vollkommenste Dame, die man sich nur denken kann. Kein einziger Makel ist an ihr. Ihre Nase ist ein Gefäß der Schönheit, gerade und weiß, und keine Sommersprosse hat sie je besudeln dürfen. Ich habe übrigens ein Sonett über ihre Nase geschrieben. Möchtet Ihr es hören? Es geht so: *J'entends de la musique, c'est son museau, son nez …*«

Gawain erlitt einen Hustenanfall. Sir Pelleas verstummte und wartete geduldig ab. Gawain sagte, ehe Pelleas weiterdeklamieren konnte: »Auf Französisch, natürlich.«

»Die Sprache der Liebe.« Sir Pelleas seufzte.

»Aber Ihr sprecht nicht von Haus aus Französisch, oder?«

»Naja, richtig fließend beherrsche ich es nicht, aber …«

»Mein eigenes Französisch ist auch leicht eingerostet«, sagte Gawain, »aber ich glaube, Ihr solltet die Nase Eurer Dame nicht als *museau* bezeichnen. Das bedeutet Schnauze.«

»Wirklich? Aber ich fand die klangliche Ähnlichkeit mit *musique* so wirkungsvoll.«

»Ach, vielleicht irre ich mich ja auch«, meinte Gawain liebenswürdig. »Aber ich glaube, ich habe jetzt einen Begriff von der Vollkommenheit dieser Nase. Vielleicht könntet Ihr jetzt fortfahren.«

»Ach, ihre Augenbrauen«, Sir Pelleas seufzte verträumt. Gawain atmete ziemlich laut aus und ließ sich auf seinem Stuhl zurücksinken. Nach etwa einer halben Stunde voller hingerissener Beschreibungen von Augenbrauen, Wimpern, Augen, Ohren, Haaren, Wangen, Hals, Taille und nicht weniger als zehn Minuten allein für die Lippen schnappte Sir Pelleas schluchzend nach Luft und endete: »Aber sie will nichts von mir wissen.«

Gawain ließ ihn erst einmal schluchzen, dann sagte er: »Und warum … warum habt Ihr Euch in dieses Prachtexemplar verliebt?«

Sir Pelleas musterte ihn überrascht. »Das fragt Ihr noch? Es war Liebe auf den ersten Blick.«

»Ich verstehe. Aber Ihr habt auch mit ihr gesprochen, nicht wahr?«

»Ich lebe noch nicht lange in dieser Gegend und

habe zum ersten Mal mit ihr gesprochen, als ich ihr meine unsterbliche Liebe geschworen habe.«

»Hört mal, Pelleas, seid Ihr sicher, dass Ihr da nicht einen Fehler macht? Ich bezweifle ja gar nicht, dass Eure Liebe tief und echt ist, und überhaupt, aber solltet Ihr bei einer Frau denn nicht auch auf andere Dinge achten als nur auf ihr Aussehen?« Gawain legte eine kurze Pause ein, runzelte die Stirn und fügte dann hinzu: »Ich bin gestern mit einer sehr schönen Dame, die nicht mehr Herz hatte als eine Spinne, in diese Gegend gekommen. Und es ist mir gerade erst gelungen, mich von ihr zu befreien.«

Sir Pelleas blieb stehen. »Was wollt Ihr damit sagen?«, fragte er.

Gawain bewegte sich nicht. Ruhig erwiderte er: »Gar nichts. Ich frage mich nur, ob Ihr einmal mit der Dame sprechen solltet. Seid Ihr jemals zu ihrer Burg geritten und habt ganz einfach um Einlass gebeten?«, fragte er dann.

»Natürlich«, sagte Sir Pelleas. »Aber ohne Erfolg. Der Geringste aller fahrenden Ritter kann sich darauf verlassen, dass sie ihn willkommen heißen wird, aber ich werde abgewiesen … aber ich … aber ich … aber ich habe eine Idee.«

Gawain schaute ihn belustigt an. »Was denn für eine Idee?«

»Ich werde verkleidet zu ihr gehen. Ich werde mit Euch gehen. In Eurem Gefolge. Euch wird sie in ihre

Burg bitten, und dann kann ich ihr dort meine Liebe gestehen.«

Gawain nickte. »Nicht schlecht. Zieht etwas an, in dem Ihr wie ein Knappe ausseht, und dann werden wir Eure Dame aufsuchen.« Sir Pelleas wollte schon aus dem Zimmer stürzen, aber Gawain hielt ihn noch einmal auf. »Übrigens, spricht Lady Ettard Französisch?«

»Aber sicher.«

»Dann lasst die Sonette hier, ja?«

Der Plan funktionierte vorzüglich. Vor dem Tor zu Lady Ettards Burg rief Gawain einfach seinen Namen, und sofort wurde das Tor geöffnet. Sir Pelleas wurde keines Blickes gewürdigt. Die einzelnen Wachtposten riefen einander zu: »Weg frei für Sir Dwayne.« Gawain schmunzelte.

Im Hauptturm wurde ein Fenster geöffnet und das Gesicht einer schönen Frau erschien. »Sir Dwayne«, rief sie. »Ich bin Lady Ettard, die Burgherrin. Seid mir willkommen!«

Gawain konnte nichts dazu sagen, denn Sir Pelleas war schon aus dem Sattel gesprungen und auf die Knie gefallen. »Meine Fürstin«, rief er, »meine Liebe, mein Lämmchen! Ich schwöre Euch ewige Ergebenheit! Ich lege Euch mein Leben zu Füßen. Meinen Leichnam würde ich Euch als Teppich überlassen, wenn Ihr das verlangtet. Ich bete Euch an!«

»Grauenhafter Auftritt«, murmelte Gawain.

»Pelleas! Wie bist du …? Du Pusteblume! Scher

dich aus meiner Burg! Ich verbiete dir, auf meinem Hof herumzusabbern, du Hammel, du Hund, du Bastard! Wie kannst du es wagen, durch deine stinkende Anwesenheit mein Zuhause zu besudeln? Sir Dwayne, steckt Ihr hinter dieser Unverschämtheit?«

Gawain wollte etwas sagen, doch wieder kam Sir Pelleas ihm zuvor. »Mein Engel, Eure Stimme tropft wie Honig auf meine durstigen Ohren. Sprecht noch einmal, auf dass ich die Musik Eurer Worte bis zu meiner Todesstunde bei mir tragen kann.«

»Ich werd' dich gleich beträufeln, du Furunkel!« Sie rief irgendjemandem im Turm einen Befehl zu, dann schaute sie wieder aus dem Fenster. »Und ich hoffe, das wird dir eine Lehre sein, du weniger-als-die-Stallreste werter Haufen Gedärme! Du Gestank! Du *merde!*«

»Sie spricht also wirklich Französisch«, murmelte Gawain.

»Mein Herz! Sogar die Flüche von Euren Lippen fallen wie Segen auf meine darbende Seele. Ihr seid das Wasser, das mich zum Leben erweckt«, rief Sir Pelleas.

»Hier, lasst Euch davon beleben!«, schrie Lady Ettard. Sie streckte den Arm nach etwas aus und leerte dann einen riesigen Eimer über Sir Pelleas. Der schien vor allem schmutziges Wasser zu enthalten, aber in der Flüssigkeit wirbelten auch dicke Klumpen in allen erdenklichen Farben und Formen. Der Guss traf Sir Pelleas in sein nach oben gekehrtes Gesicht und ließ ihn in eine dicke, schleimige Pfütze sinken.

»Spülicht«, keuchte Terence und rümpfte angewidert die Nase.

»Und nicht gerade frisch«, fügte Gawain hinzu. »Lass uns die Windrichtung wechseln, ja?«

Gawain und Terence führten ihre Pferde zu einer Stelle, an der der Gestank nicht so penetrant war. Sir Pelleas rappelte sich auf, zog sich etwas aus den Haaren und rief: »Ich nehme diesen und jeden anderen Segen gern an, dem das Vergnügen Eurer Anwesenheit zuteil geworden ist, oh Schöne!«

Lady Ettards Augen funkelten und sie verschwand im Turm. Sir Pelleas rief weiterhin unablässig seine Komplimente zum Fenster hoch.

»Milord?«, fragte Terence.

»Ja?«

»Dieser Sir Pelleas, Milord? Er ist … er ist nicht gerade gescheit, oder?«

Gawain grinste, sagte aber nichts dazu. Lady Ettard tauchte mit einem triumphierenden Lächeln wieder im Fenster auf. Sie hielt einen Korb voller Eier in den Armen. Damit bewarf sie nun Pelleas, und Terence registrierte beeindruckt, wie sicher sie zielte.

»Es ist eine wirkliche Freude, eine Dame von edler Geburt zu sehen, die eine so geschickte Werferin ist«, sagte Gawain feierlich. »Sehr gute Arbeit mit dem Handgelenk, übrigens.«

Dienstboten und Wachtposten, die in Pelleas' Windrichtung standen, versuchten sich in Sicherheit zu bringen, und auch dort, wo Gawain und Terence sich aufhielten, machte sich nun ein übler, scharfer Geruch breit. Pelleas beschnupperte sich nachdenklich, als Lady Ettard die letzten Eier feuerte.

»Und jetzt, Männer«, rief Lady Ettard, »packt ihn und schlagt ihn mit Brettern.«

»Los jetzt, Terence«, murmelte Gawain, zog sein Schwert und wickelte seine Zügel um den Sattelknauf. »Hol sein Pferd.«

Terence galoppierte zu Sir Pelleas' Pferd. Das scheute, doch er konnte sich aus dem Sattel vorbeugen, den Zügel packen und es zum Tor herumdrehen. Gawain packte Sir Pelleas am Kragen, zog ihn neben Guingalet her und wehrte mit der anderen Hand vier Wachtposten ab. Terence lenkte sein eigenes Pferd dazwischen und trieb die Wachen auseinander. Ein weiterer Wachtposten kam angerannt und warf einen Speer. Terence wich aus und merkte, wie die Waffe ganz dicht an seinem Gesicht vorüberflog. Er versetzte dem Speerwerfer einen Tritt und ritt an ihm vorbei. Gawain erteilte Guingalet einen kurzen Befehl und das gewaltige Pferd jagte auf das Tor zu, wo eine Gruppe von Wachtposten in Stellung gegangen war. Guingalet stieß den ersten mit der Schulter an und die Gruppe fiel wild durcheinander. Terence ritt so schnell er konnte hinter Guingalet her. Einige Sekunden darauf lag das Tor hinter ihnen und sie galoppierten den Hügel hinab und in den Wald. Sir Pelleas hing noch immer an Gawains linker Hand.

Im Wald erreichten sie alsbald einen Bach und Gawain ließ Sir Pelleas einfach hineinfallen. Sir Pelleas schnappte nach Luft und spuckte aus, dann richtete er sich auf und stöhnte: »Ach, was soll ich bloß machen?«

»Macht Euch sauber«, befahl Gawain und betrachtete angewidert seine Hand, die Sir Pelleas' Kleidung berührt hatte. »Dann essen wir und planen unseren nächsten Zug.«

»Wie kann ich essen? Ich habe einfach keinen Appetit.«

»Wenn Ihr Euch nicht endlich sauber macht, dann werden wir alle keinen Appetit haben«, fauchte Gawain ihn an. »Also, wascht Euch.«

Sir Pelleas reinigte sich und seine Kleidung so gut es ging, während Terence in aller Eile eine Mahlzeit zubereitete. Nach dem Essen setzte Gawain sich zu Sir Pelleas und fragte: »Verhaltet Ihr Euch immer so, wenn Ihr sie seht?«

»Ja, natürlich? Wie sollte ich mich denn sonst verhalten? Die Liebe besiegt alle meine Fähigkeiten und ich gebe mich ihr ganz hin.«

»Ich verstehe. Was Ihr braucht, Pelleas, ist ein Sendbote, einer, der Euer Begehr vorbringen kann, ohne Lady Ettard mit Schmalz zu begießen.«

»Ohne sie mit …«

»Ohne sie mit törichten Komplimenten zu überhäufen. Ihr wartet jetzt hier, und Terence und ich werden sehen, was wir für Euch tun können. Einverstanden?«

»Wollt Ihr ihr nicht ein Sonett mitbringen? Ich habe noch eins, das ich für einen besonderen Zweck …«

»Nein.«

Gawain und Terence ritten also den Hügel wieder hinauf und zurück zu Lady Ettards Burg, während der feuchte und noch immer reichlich schmutzige Sir Pelleas im Wald auf sie wartete. Unterwegs sah Gawain Terence beifällig an und sagte: »Bei dem Handgemenge auf dem Burghof hast du gute Arbeit geleistet. Sehr gute.«

Terence errötete. »Danke, Milord.«

Zu ihrer Überraschung wurde das Tor geöffnet, sowie sie sich näherten. Gawain hob die Augenbrauen, ritt aber vor Terence her auf den Burghof. Dort erwartete sie ein adretter, in Samt gewandeter Herr, der eine Verbeugung andeutete und seine Dienste anbot. Gawain bat, Lady Ettard sprechen zu dürfen, und der adrette Herr sagte: »Dann folgt mir bitte.«

Sie stiegen ab und wurden durch einen langen Gang auf einen kleinen inneren Hof geführt. Der Herr sagte: »Wartet hier, ich werde sehen, ob meine Herrin Zeit für Euch erübrigen kann.«

»Warum sagt Ihr ihr nicht, dass wir nicht lange warten können?«, fragte Gawain lächelnd.

Der adrette Herr machte ein beleidigtes Gesicht. Mit kalter Stimme sagte er: »Meine Herrin hat dringend zu tun.«

»Wir auch«, sagte Gawain. »Also sagt ihr schon Bescheid, wir werden Euch begleiten.« Er schob den Herrn durch die Tür und durch den angrenzenden Gang. Gleich darauf, wobei er den Haushofmeister fast vor sich hertrug, betrat Gawain einen Raum, in dem Lady Ettard mit zwei Zofen an einem Tisch saß.

Sie ist wirklich sehr schön, dachte Terence. Es fiel ihm schwer, in dieser eleganten Dame die kreischende Frau wieder zu erkennen, die über Sir Pelleas den Spülichteimer ausgeleert hatte. Sie beugte sich vor, schaute Gawain an, runzelte die Stirn und fragte besorgt: »Was macht Ihr denn mit Brundle, Sir Dwayne?«

Gawain ließ den Herrn los, und der eilte aus dem Zimmer. »Nichts Schlimmes, das versichere ich Euch«, sagte er höflich.

Lady Ettard runzelte verwirrt die Stirn, doch gleich darauf hellte sich ihre Miene auf und sie sagte: »Ist ja auch egal. Was kann ich für Euch tun, Sir Dwayne?«

»Ich komme als Botschafter. Von Sir Pelleas …«

»Dieser Schwächling!«, fiel Lady Ettard ihm verachtungsvoll ins Wort.

»Mir scheint«, sagte Gawain mit sanfter Stimme, »dass gerade Ihr wissen müsstet, dass er alles andere als ein Schwächling ist. Ich habe mit eigenen Augen gesehen, wie er zehn Ritter aus dem Sattel gehoben hat.«

»Und was hat er dann getan? Er hat sich ihnen ergeben und von ihnen schikanieren lassen. Ich sage doch, er ist ein Schwächling.«

»Findet Ihr nicht, Herrin, dass große Willensstärke dazu nötig ist, Schikanen hinzunehmen und sie nicht mit gleicher Münze heimzuzahlen?«

»Nein, ich finde, dass dazu große Torheit nötig ist.

Mir sind Männer lieber, die sich nehmen, was sie wollen.«

»Ihr wollt lieber tyrannisiert werden als verehrt? Unterdrückt als geliebt?«, fragte Gawain. Terence schaute ihn an und entdeckte in seinen Augen ein verräterisches Funkeln.

»›Tyrannisiert als verehrt‹«, wiederholte Lady Ettard und runzelte heftig die Stirn. »Sehr gut. Und ›unterdrückt als …‹, wie war das doch noch gleich?« Sie sah aus wie ein Schulmädchen, das mit einer schwierigen Gleichung kämpft. »Jedenfalls kann ich keinen Mann bewundern, der sich schlagen lässt. Pelleas würde sich jetzt sehr unwohl fühlen, wenn Ihr nicht so rasch eingegriffen hättet.«

Gawain zögerte, dann sagte er: »Ich habe mich nur verhalten wie jeder wahre Ritter das getan hätte, Herrin.«

»Das habe ich gesehen«, erwiderte Lady Ettard scheu. Terence hielt den Atem an und schaute fragend und in der Hoffnung, ihn zu warnen, zu Gawain, doch der lächelte noch immer sein teuflisch wirkungsvolles Lächeln. Terence schloss die Augen und schüttelte langsam den Kopf. »Ihr mögt offenbar auch nicht warten, Sir Dwayne«, fügte Lady Ettard hinzu und schaute furchtsam zu der Tür, durch die der beleidigte Brundle verschwunden war.

»Ich gebe zu, meine Dame, dass ich es vielleicht nicht erwarten konnte … Euch zu sehen«, sagte Gawain. »Ich hoffe, Euer Diener kann mir verzeihen.«

»Ach nein«, sagte Lady Ettard vage. »Brundle macht das nichts aus. Er … er ist bloß den Umgang mit Männern wie Euch nicht gewohnt.«

Gawain lächelte noch strahlender. »Vielleicht«, sagte er dann, »sollte ich meinen Knappen fortschicken, damit wir unter vier Augen miteinander reden können.«

»Wenn Ihr wollt«, Lady Ettard lächelte schwach.

»Er muss sowieso ein paar Kleinigkeiten für mich erledigen«, erklärte Gawain. »Das tust du doch gern, nicht wahr, Terence?« Terence seufzte traurig, nickte aber. Gawain zog ihn beiseite und flüsterte eilig: »Hol Pelleas. Er soll sofort herkommen. Sag ihm, dass Lady Ettard sich die Sache anders überlegt hat. Klar?« Terence kniff verwirrt die Augen zusammen, nickte dann aber. »Gut«, sagte Gawain kichernd. »Ich glaube, wir werden diese Sache doch noch klären können.«

Terence fand Sir Pelleas am Bach, den er zerstreut betrachtete. Wie es ihm aufgetragen worden war, sagte Terence: »Lady Ettard hat sich alles anders überlegt und Ihr sollt sofort zu ihr kommen.« Pelleas sprang auf, sein Gesicht strahlte vor Glück und seine Worte überstürzten sich nur so. »Hat sie gesagt, dass sie mich trotz allem liebt? Wird sie mich heiraten? Was hat Sir Gawain gesagt? Hat er ihr gesagt, wie sehr ich sie liebe?«

Zum Glück für Terence, dem keine Antwort auf diese vielen Fragen einfiel, schien Sir Pelleas auch keine zu erwarten. Er sprang auf sein Pferd, wobei seine nasse Hose laut auf den Sattel klatschte, und dann galoppierten sie den Hügel hinauf und in die Burg.

»Wo ist sie?«, fragte Sir Pelleas.

»Hier entlang, Sir.« Terence führte ihn durch den langen Gang, über den kleinen Hof und dann in den Salon. Dort fanden sie nur ein einsames Dienstmädchen, das den Kamin reinigte. »Aber – wo ist Lady Ettard? Verzeihung, Jungfer – wo ist Eure Herrin?«

»Ach, das sollte ich lieber nicht verraten«, kicherte das Mädchen. »Wo sie doch, wie sagt man, keine Besucher empfängt.«

»Hör mal, Mädel«, erklärte Sir Pelleas. »Lady Ettard erwartet mich in diesem Moment.«

Sie starrte ihn verwundert an. »Das glaube ich nicht! Sowas hab ich noch nie gehört! Nie!«

»Wo steckt sie also?«, fragte Sir Pelleas.

»Im Garten – gleich hier durch.« Das Mädchen zeigte auf eine Tür, ihre Augen waren noch immer rund wie Münzen.

Sir Pelleas riss die Tür auf. Und auf einer Steinbank in einem duftenden Garten saßen Lady Ettard und Sir Gawain. Als Sir Pelleas die Tür öffnete, beugte Gawain sich vor und küsste Lady Ettard lang und innig auf die Lippen. Terence kniff gequält die Augen zu.

»Was hat das zu bedeuten?«, brüllte Sir Pelleas. Gawain sprang auf und starrte Sir Pelleas aus weit aufgerissenen Augen an. Sir Pelleas hatte kein Schwert bei sich, doch eins lag griffbereit auf einem Tisch neben der Tür, und das packte er und stürzte auf die Bank zu. Gawain versuchte gar nicht erst sich zu verteidigen, sondern fiel mit verängstigtem Gesicht vor Sir Pelleas auf die Knie.

»Sir Pelleas! Wie – oh bitte, tötet mich nicht!«, jammerte er. Terence glotzte nur noch.

»Verräter! Man sollte dich auspeitschen wie einen Lakaien!«, brüllte Sir Pelleas wütend.

»Oh bitte, bitte nicht. Ich werde alles tun. Ich will Euer Knappe sein, Euer Reitknecht, Euer Stallbursche. Nur verschont mich mit Eurem gewaltigen Zorn!« Gawain ließ den Kopf sinken, ein Bild der Angst, doch vorher warf er Terence noch einen warnenden Blick zu.

»Du Feigling! Ich könnte dich jetzt erschlagen«, erklärte Sir Pelleas dramatisch. »Aber ich will diese Klinge nicht mit deinem elenden Blut besudeln.«

»Dwayne!«, jammerte Lady Ettard. Sie ließ ihren verwirrten Blick von einem Ritter zum anderen wandern.

»Er ist zu stark für mich, Herrin«, wimmerte Gawain.

»Pelleas«, sagte sie mit leuchtenden Augen. »Du … du bist … ach, Pelleas!« Sie klatschte begeistert in die Hände. »Pelleas, werft diesen feigen Köter aus meiner Burg – und kommt dann zurück, wenn Ihr mögt.«

Terence sah, dass Gawains Schultern vor mühsam unterdrückter Heiterkeit zuckten. Er musste selber grinsen, als er endlich Gawains Plan durchschaute und sah, dass dieser Erfolg hatte. Sir Pelleas, in eifersüchtige Wut getrieben, hatte sich endlich als der Mann entpuppt, nach dem Lady Ettard sich sehnte.

»Zu Euch zurückkehren?«, fauchte Sir Pelleas Lady Ettard verächtlich an. »Lieber würde ich zu einem Kehrichthaufen zurückkehren.« Gawains Kopf fuhr hoch und er starrte Sir Pelleas ungläubig an, der nun sagte: »Ihr habt mich einmal betrogen, ein zweites Mal wird das nicht passieren.«

»Pelleas! Ich war blind! Ich habe deine Stärke nicht gesehen, deine Kraft, deine … deine Schönheit.«

»Aber ich habe Eure Falschheit erkannt, ich durchschaue die Tücken einer treulosen Frau!« Sir Pelleas lachte. »Ihr würdet Euch dem erstbesten fahrenden Ritter an den Hals werfen – oder einem Knappen, einem Lakaien. Dirne! Metze!«

Lady Ettard schluchzte hysterisch los und heulte: »Ach, Pelleas, mein Geliebter, mein Geliebter!«, wenn sie gerade genug Luft hatte.

Gawain erhob sich wütend. »Pelleas«, flüsterte er, »seid kein …«

»Auf die Knie, Schurke!«, befahl Sir Pelleas und hob dabei drohend sein Schwert.

»Ihr blöder Tropf! Jetzt hört mir doch zu«, flüsterte Gawain empört.

»Ich sagte, auf die Knie!«, schrie Sir Pelleas.

»Jetzt haltet doch mal einen Moment den Mund. Schaut doch. Sie gehört Euch, glaubt mir!«

»Ich will sie aber nicht, nachdem deine dreckigen

Lippen sie berührt haben«, brüllte Pelleas noch lauter. Lady Ettard brach abermals in Tränen aus. Sir Pelleas hob stolz den Kopf. »Ich werde in eine Einsiedelei gehen und meinen letzten Atemzug tun und auf immer dieser eitlen Welt entsagen. Und jetzt, zum letzten Mal, auf die Knie, du Hund!«

»Ach, hört auf damit«, sagte Gawain gereizt. Sir Pelleas wollte das Schwert heben, doch Gawain riss es ihm aus der Hand und warf es in ein Blumenbeet. »Geht doch Euren letzten Atemzug tun oder was immer ihr vorhabt. Ich habe die Nase voll von Euch.«

»Ohne Euch müsste ich sterben, Pelleas«, schluchzte Lady Ettard dazwischen.

»Und von Euch auch«, sagte Gawain. »Los, Terence, hilf mir mit diesem Kram.«

Dreißig Minuten darauf, nun wieder in voller Rüstung, ritt Gawain vor Terence aus Lady Ettards Burg und lenkte sein Pferd nach Osten, während die Sonne hinter ihnen unterging.

»So eine strohdumme Frau ist mir noch nie begegnet«, knurrte Gawain dann. »Wenn ich ihr noch einen Witz hätte erklären müssen …« Er schnitt eine Grimasse und schaute Terence an. »Du kannst von Glück sagen, dass du nicht die ganze Zeit dabei sein musstet.«

»Ach, von Glück, ja?«, erwiderte Terence. »Vergesst nicht, dass ich mit Sir Pelleas zusammen war.«

Gawain lachte. »Da hast du Recht, Knabe. Auch du musstest deine Last tragen.«

»Meint Ihr wirklich, dass sie sterben werden, Milord?«, fragte Terence dann.

»Was, aus Liebe sterben?« Gawain dachte kurz nach, dann sagte er: »Aber wenn überhaupt zwei Menschen so dumm sein können, dann bestimmt diese beiden.«

Und dann ritten sie nebeneinander in die Schatten hinein.

Nimue

Gawain und Terence ritten bis nach Anbruch der Dunkelheit weiter. Der Vollmond leuchtete über ihrem Weg, der an Bauernhöfen und Feldern zurück in den Wald führte. Gawain schwieg und schien in Gedanken versunken. Nach ungefähr einer Stunde murmelte er, fast wie an sich selber gerichtet: »Eine dumme und grausame Frau. Wer hätte glauben können, dass sich hinter so viel Schönheit solche Tücke verbirgt?«

Terence wusste nicht, ob Gawain eine Antwort erwartete, doch nach kurzem Zögern sagte er: »Ich … ich mache mir gar nichts aus schönen Frauen.«

»Was?«, fragte Gawain, halb lachend, halb schockiert.

»Ich rede nur von denen, die mir begegnet sind. Ich denke an die Frau, der Abelleus so verhasst war, und an Lady Ettard und an Eure Tante Morgane und … und an solche Frauen.« Terence hatte vor allem an die Frau gedacht, deren schönes, kaltes Gesicht er im Tümpel gesehen hatte und deren glühende Augen ihn noch immer bis in seine Träume hinein verfolgten, aber er erwähnte sie nicht. »Aber … ich kenne nicht so viele Frauen wie Ihr, Milord«, fügte er dann hinzu.

Gawain schwieg für einen Moment und musterte Terences düsteres Gesicht. Endlich sagte er: »Morgane ist gar nicht so schlimm. Aber ich weiß, was du meinst.« Gleich darauf lachte er leise und sagte: »Vielleicht war es ja gar nicht schlecht, dass du bei einem Einsiedler aufgewachsen bist.« Einige Stunden darauf machte Gawain bei einem See Halt, und ohne erst noch zu essen rollten sie ihre Decken aus und ließen sich vom leise plätschernden Wasser in den Schlaf singen.

Im Sanften Wald, wo Terence bei dem Einsiedler gelebt hatte, hatte es keine Seen gegeben, und deshalb war er am nächsten Morgen von dem in träumerische Nebel gehüllten See überrascht und bezaubert. Die Luft roch sauberer als sonst und Terence atmete langsam und tief und ließ seine Brust von der kühlen Stille füllen. Dann nahm er im Nebel einen vagen Umriss wahr, wie den eines Menschen. Terence bewegte sich nicht, er beobachtete nur, wie die Gestalt näher kam. Seine Haare sträubten sich, aber er hatte keine Angst. Die Gestalt schien sich zu verneigen und auf den See zu zeigen. Dann löste sie sich im Nebel auf. Einen Moment später erschienen andere Gestalten, manche wie Menschen, andere wie Tiere, und Terence lächelte ihnen zu und nickte zum Gruß. Als er sich endlich von diesem Anblick losreißen konnte, saß Gawain in seine Decken gehüllt aufrecht und beobachtete ihn.

»Was hast du gesehen, Terence?«, fragte Gawain leise.

Terence zögerte. »Vielleicht nichts, Milord. Ich hatte nur den Eindruck, dass sich im Nebel Gestalten aufhielten. Habt Ihr sie nicht gesehen?«

»Nein, ich nicht«, erwiderte Gawain. Er hob eine Augenbraue und fügte hinzu: »Die meisten Menschen würden sich vor Gestalten, die im Nebel auftauchen, fürchten.«

»Nicht doch, Milord. Diese hier waren freundlich«, versicherte Terence ihm.

Gawain musterte Terence forschend, schwieg dann aber. Terence machte Frühstück und nach dem Essen sagte Gawain plötzlich: »Ich werde aus dir nicht schlau, Terence. Weißt du wirklich nicht, wer deine Eltern waren?«

»Nein, Milord«, sagte Terence. »Ich habe einmal Trevisant gefragt, aber der wusste das natürlich nicht, weil er die Zeit ja rückwärts sieht. Aber er hat gesagt, ich brauchte das auch nicht zu wissen.«

»Da hat er sich geirrt«, sagte Gawain. »Alle sollten ihre Eltern kennen. Ob gut oder schlecht, sie sind doch ein Teil von uns.«

Terence stocherte für einen Moment im Feuer herum, dann schaute er Gawain in die Augen. »Ich finde das ja auch. Würdet Ihr … würdet Ihr mir von Euren Eltern erzählen, Milord?«

Gawain runzelte die Stirn, als ob er wütend wäre, und Terence bereute seine Frage schon. Doch zu seiner Überraschung sagte Gawain schließlich: »Mein Vater, König Lot, war ein großer Kämpfer, ein Meister aller Waffen. In Friedenszeiten hat er mich unterrichtet.« Gawain legte eine Pause ein. »Aber es gab nicht oft Friedenszeiten, in den späteren Jahren schon gar nicht. Und daran war meine Mutter schuld. – Meine Mutter heißt Morgause, sie stammt aus einer uralten stolzen Zaubererfamilie.« Gawain lächelte kurz. »Sie würde dir nicht gefallen, Terence, denn sie ist sehr schön. Schöner als jede andere, glaube ich. Mein Vater hat sie angebetet und ihr jeden Wunsch erfüllt. Als sie ihn gegen Artus in den Krieg geschickt hat, ist er für sie gestorben.«

»Sie lebt also noch?«

»Das weiß ich nicht. Nach dem Tod meines Vaters ist sie verschwunden, sie hat niemandem ein Wort davon gesagt, nicht einmal ihren Kindern. Ich glaube, sie hat uns nie geliebt. Ich kann mir auch nicht vorstellen, dass ich sie je geliebt habe, aber als Kind habe ich das doch geglaubt.«

Gawain versank in düsteres Schweigen, er starrte ins Feuer, und Terence ließ ihn in Ruhe. Er ließ ihn während der ganzen nächsten Tage in ihrem Lager am See in Ruhe. Gawain schien den Ritterzug nicht fortsetzen zu wollen. Er angelte, war aber unaufmerksam, und ließ oft gute Beute entkommen. Nachdem sie eines Abends von Terence gefangene Forellen und wilde Karotten verzehrt hatten, fragte Gawain plötzlich: »Wenn schöne Frauen grausam und boshaft sind, was hältst du dann von hässlichen Frauen, Terence?«

»Ich, Milord?«, fragte Terence.

»Jetzt komm schon, Terence. Ich hoffe schließlich auf eine weise Erkenntnis deinerseits. Du bist doch hier derjenige, der schöne Frauen nicht leiden kann, oder was?«

»Nur die, die mir begegnet sind, Milord.«

»Na, und was ist mit den hässlichen Frauen, die dir begegnet sind?«

»Ich kenne keine hässlichen …«, begann Terence.

»Was ist mit der alten Hexe vom Fest?«, fragte Gawain.

Terence zögerte. »Das weiß ich wirklich nicht, Milord. Sie … sie hat Euch nicht gerade höflich behandelt.«

»Ich sie auch nicht. Aber hältst du sie für grausam?«

»Nein, Milord. Ich glaube, sie war freundlich.«

Gawain runzelte die Stirn. »So wie diese Gestalten im Nebel?«

Terence dachte kurz nach. »Genauso«, sagte er dann.

Als sie am nächsten Morgen erwachten, waren sie nicht allein. Auf einem Felsen am Wasser saß eine große, gertenschlanke Frau und ließ ihre bloßen Füße ins Wasser baumeln. Hinter ihr graste ein strahlendweißer Schimmel. Die glatten schwarzen Haare der Frau reichten ihr bis zur Taille. Sie trug ein weißes, ein wenig silbrig glänzendes Gewand und einen schlichten grünen Gürtel. Ihr Gesicht war nicht unbedingt schön, strahlte jedoch Eleganz, Güte und Weisheit aus. Terence hätte sie sein Leben lang ansehen mögen.

Gawain setzte sich zwischen seinen Decken auf. »Guten Morgen, Herrin«, sagte er.

»Guten Morgen, Sir Gawain«, erwiderte die Frau lächelnd. »Und guten Morgen, Terence.«

»Guten … guten Morgen, Herrin«, stammelte Terence.

»Woher kennt Ihr unsere Namen, wenn ich fragen darf?«, sagte Gawain.

»Ich habe euch gesucht«, war die Antwort. »Oder ihr habt mich gesucht, und das ist in unserer Welt so ungefähr dasselbe.«

»Was ist das für eine Welt, Herrin?«, fragte Gawain und erhob sich.

»Die andere Welt«, antwortete die Dame, noch immer lächelnd. »Ich bin Nimue, die Dame vom See.«

Gawain verbeugte sich mit strahlenden Augen. »Ich habe von Euch gehört, meine Dame.«

Terence hatte nie von der Dame vom See gehört, machte aber ebenfalls eine tiefe Verbeugung.

»Nein, nein, Terence«, Nimue lachte und ihr Lachen klang wie Wasser, das über Steine spült. »Du verneigst dich vor mir wie vor einer königlichen Hoheit – oder wie vor einer Gottheit. Aber ich bin wirklich nicht so viel anders als du.«

Terence richtete sich auf. »Verzeihung, Herrin.«

Nach kurzem Zögern fragte Gawain: »Und warum habt Ihr uns gesucht, meine Dame?«

»Meine Herrin schickt mich. Ihr habt noch etwas zu erledigen, Sir Gawain«, sagte Nimue.

»Pelleas und Ettard?«

Sie nickte.

»Aber was kann man denn da noch machen?«, fragte Gawain. »Die sind doch beide einfach nur töricht.«

»Oh ja, leider. Aber müssen sie deshalb auch unglücklich sein?«

»Wenn sie unglücklich sind, dann haben sie sich das selbst zuzuschreiben«, sagte Gawain.

»Wirklich?«

Gawain errötete ein wenig, sagte dann aber: »Vielleicht hat mein Eingreifen ihnen nicht helfen können, aber ich habe die Sache doch auf keinen Fall verschlimmert. Sie waren auch schon unglücklich, ehe ich dort aufgetaucht bin.«

Nimue schwieg für einen Moment, dann sagte sie freundlich: »Ihr meint, dass Ihr an Stelle der beiden unglücklich gewesen wärt. Aber wie Ihr sagt, haben Eure Bemühungen niemandem geholfen.«

Gawain runzelte die Stirn. »Aber kann ich denn jetzt noch etwas für sie tun?«

»Ich hoffe. Kommt, reiten wir.«

Der Ritt zurück zu Lady Ettards Burg war lang, aber zusammen mit der Dame vom See sehr angenehm. Über eine Stunde lang sprach sie mit Terence über Kräuter und Gewürze. Sie erzählte ihm von den Heilkräften von Gewächsen wie Fingerhut, Sumpfziest, Eisenkraut und Frauenminze. Als sie sich Sir Pelleas' Burg näherten, sagte Gawain: »Ich weiß noch immer nicht, wie ich mich den beiden gegenüber verhalten soll.«

»Was meinst du, Terence«, fragte Nimue, »hast du für Sir Gawain irgendeinen Rat?«

Terence bedachte seinen Herrn mit einem verstohlenen Blick und sagte dann: »Nein, Herrin. Ich kann Tiere verstehen, die verhalten sich vorhersagbar. Aber Menschen sind anders. Ich müsste sehr viel mehr über Sir Pelleas und Lady Ettard wissen, ehe ich auch nur erraten könnte, wie ihnen zu helfen ist.«

Nimue lächelte und nickte. Gawain ritt einen Moment lang schweigend weiter, dann murmelte er düster: »Na gut. Ich werde versuchen, wie ein Idiot zu denken.«

Nimue seufzte leise und hielt neben einer Baumgruppe an. »Hier«, sagte sie, »Pelleas hält sich in diesem Wäldchen auf.«

»Hier? Was zum Teufel macht er … ach, alles klar. Da drinnen liegt vermutlich eine Einsiedelei oder Klause, und da will er sterben.« Nimue nickte. »Trottel«, murmelte Gawain.

Hinter einer Gruppe hoher Fichten stand eine kleine Hütte mit Strohdach. Davor war ein grob gezimmertes Kreuz errichtet. Gawain stieg vom Pferd und verschwand in der Hütte. Ungefähr eine Viertelstunde später kam er empört wieder zum Vorschein. »Ich habe meine Hilfe angeboten, aber er lehnt dankend ab, weil er lieber sterben möchte«, sagte er.

»Sir Gawain«, erwiderte Nimue, »es steht Euch

nicht an, über die Liebe eines anderen Menschen zu lachen, so töricht diese auch sein mag. Es gibt keine Liebe, die in den Augen anderer nicht lächerlich aussehen kann. Seid Ihr so sicher, dass Ihr niemals auf törichte Weise lieben werdet?«

Gawain kniff die Augen zusammen, dann sagte er: »Ich bitte um Verzeihung. Ich werde es noch einmal versuchen.«

Terence hörte wieder die Stimmen der beiden Männer, dann ertönte ein lautes Klatschen und Gawain erschien in der Türöffnung. Er hatte sich Sir Pelleas über die Schulter geladen. »Er hat sich die Sache anders überlegt«, sagte er.

»Sir Gawain, wenn Ihr die Sache auf diese Weise regeln wollt, dann weiß ich mir wirklich keinen Rat mehr«, sagte Nimue vorwurfsvoll. »Was habt Ihr denn vor, wenn Lady Ettard nicht zuhören will? Sie ebenfalls zu Boden schlagen?«

Gawain grinste. »Das klingt verlockend, aber nein. Ich dachte nur, dass Pelleas mir vielleicht in Ettards Anwesenheit eher zuhören wird.«

Nimue schüttelte müde den Kopf. Ungefähr zwanzig Minuten später, noch immer mehrere Meilen von Lady Ettards Burg entfernt, fing Sir Pelleas, den sie hinter Terences Sattel festgebunden hatten, an zu zappeln. »Schurke«, murmelte er mit gepresster Stimme. Er schaute Terence an, erkannte ihn jedoch nicht, und Terence deutete auf den in der Nähe reitenden Gawain. »Schuft«, sagte Sir Pelleas.

»Tut mir wirklich Leid, Pelleas«, sagte Gawain. »Aber ich kann dich doch nicht einfach so eingehen lassen.«

»Warum nicht?«, fragte Sir Pelleas mit belegter Stimme.

»Nun ja, ich fühle mich teilweise verantwortlich für …«, setzte Gawain an.

»Teilweise. Wenn Ihr mich bei der Frau, die ich zu lieben glaubte, verleumdet? Wenn Ihr eine edle Dame besudelt? Wenn Ihr ein Gefäß der Reinheit schändet?«

»Also wirklich«, widersprach Gawain, »ich habe sie doch nur geküsst. Und ich kann dir sagen, Spaß gemacht hat es mir wirklich nicht.«

Sir Pelleas regte sich entsetzlich auf, stieß grauenhafte Verwünschungen aus und versuchte verzweifelt, sich von seinen Fesseln zu befreien. Mit gequälter Stimme sagte Nimue: »Ich glaube, das war keine große Hilfe, Sir Gawain.«

»Tut mir Leid«, murmelte Gawain.

In seiner wilden Zappelei rutschte Sir Pelleas kopfüber von Terences Pferd in den Dreck. Gawain unterdrückte einen Fluch, sprang vom Pferd und half Pelleas auf die Beine. »Hör mal, Pelleas, ich will dir doch bloß helfen«, sagte Gawain.

»Mir helfen? Indem Ihr die Frau küsst, die mein Herz war, meine reinste Liebe?«

»Was ist denn schon ein Kuss? Rein gar nichts.«

»Für Euch vielleicht nicht. Für mich war er alles. Wie würde es Euch gefallen, zusehen zu müssen, wie ein anderer die Frau küsst, die Ihr liebt?«

Mehrere Sekunden lang starrte Gawain ins Leere, dann sagte er: »Du hast Recht, Pelleas. Ich hätte sie niemals küssen dürfen. Ich bitte um Verzeihung. Aber das alles gehörte zu meinem Plan. Ich wollte von dir dabei unterbrochen werden. Ich habe mich verstellt.«

Sir Pelleas grunzte. »Und hat sie sich auch verstellt, als sie Euren Kuss erwidert hat?« Er holte tief Luft und sagte dann: »Ich sollte Euch wohl auch noch dankbar dafür sein, dass Ihr mir gezeigt habt, wie falsch die Dame – ha, Dame! –, wie falsch Lady Ettard ist. Jetzt kann ich mich von dieser irregeleiteten Liebe befreien.«

»Dann liebst du sie nicht mehr?«, fragte Gawain.

»Ich empfinde rein gar nichts für diese Frau.«

Gawain sagte: »Na, willst du ihr das denn nicht zeigen?«

»Endlich habt Ihr etwas Gescheites gesagt, Sir Gawain«, meinte Nimue ruhig.

Sir Pelleas nickte langsam. »Ihr habt Recht. Sie muss die Folgen ihrer Treulosigkeit kennen lernen. Ich könnte Ihr meine Verachtung zeigen, ihr mit … kalter Höflichkeit begegnen. Und dann«, fügte er hinzu und redete sich langsam in Begeisterung, »dann werde ich meine Aufmerksamkeiten einer anderen Dame erweisen. Und dann wird sie es bereuen. Ja, so werde ich es machen. Genau so!«

Die Wachtposten öffneten die Tore zu Lady Ettards Burg, sowie Gawain und die anderen näher kamen. Nimue sagte: »Lady Ettard scheint sich nicht wohl zu fühlen. Ich glaube, die Wachen hoffen, dass wir ihr helfen können.«

Sie stellten ihre Pferde auf dem Burghof ab und folgten Nimue in den Garten, wo Gawain Lady Ettard geküsst hatte. Und dort, auf einem reich verzierten Himmelbett, das unter einer Kastanie aufgestellt worden war, schmachtete Lady Ettard vor sich hin. Sie war bleich und ihre linke Hand hielt ein Riechfläschchen, an dem sie gerade schnupperte, als ihre Gäste eintrafen. Sie fuhr wie von der Tarantel gestochen hoch und keuchte auf: »Pelleas! Mein Geliebter! Du bist zurückgekehrt!«

Zuerst schaute Sir Pelleas sie fast zärtlich an, doch nachdem sie gesprochen hatte, lachte er spöttisch auf und erwiderte: »Jawohl, ich bin zurückgekehrt, doch nur, um das falscheste aller falschen Frauenzimmer auf dieser schnöden Welt mit meiner Verachtung zu strafen.«

Lady Ettard stöhnte, ließ sich auf ihre Kissen zurücksinken und umklammerte fieberhaft ihr Riechfläschchen. »Ich dachte … ich dachte, dass du mich vielleicht noch liebst.«

»Ha«, kläffte Sir Pelleas, »es stimmt, ich habe dich einst geliebt. Einst warst du eine reine Frau. Du hast die Avancen der Männer zurückgewiesen. Aber dann hast du dich diesem Schurken an den Hals geworfen und deine mädchenhafte Unschuld vergessen. Ich verachte dich jetzt so, wie du mich einst verachtet hast.«

»War es mädchenhaft von ihr, dich mit dem Küchenspülicht zu überschütten?«, fragte Gawain.

»Küchenspülicht! Das war doch noch gar nichts! Einmal hat sie mich an ein Brett binden und zwei kräftige Diener mit mir den Stall fegen lassen.«

Lady Ettards Interesse schien zu erwachen. »Das war gleich, nachdem ich dir die Reste vom Schweinefutter eingetrichtert hatte.«

»Nein, nein, das war vorher«, sagte Sir Pelleas ungeduldig. »Das war gleich nach dem Weihnachtsfest.«

»Natürlich. Als ich dich neben mein Pony gespannt hatte und du meinen Schlitten ziehen musstest.«

»Und alle deine Flüche stellten nur deine Tugend unter Beweis und gaben mir die Möglichkeit, dir die Unerschütterlichkeit meiner Liebe zu beweisen. Aber jetzt«, sagte Sir Pelleas wütend, »hast du dich als Luder schlimmster Sorte gezeigt. Als leichtlebige Kurtisane. Als bemaltes Flittchen!«

Lady Ettard heulte los, und da er sie ja eifersüchtig machen wollte, wandte Sir Pelleas sich einer Zofe zu und überschüttete sie mit glühenden Komplimenten. Die Zofe versuchte sich davonzuschleichen, aber er folgte ihr und redete immer weiter. Lady Ettard weinte nur noch lauter und noch kläglicher. Gawain flüsterte Nimue etwas zu. Die machte zuerst ein verwirrtes Gesicht, dann aber nickte sie und Gawain trat neben Terence. »Jetzt pass auf, Junge«, flüsterte er.

Sie holte tief Luft und setzte eine ungeheuer verachtungsvolle Miene auf, und dann schritt die sanfte Nimue mit großen Schritten zu Sir Pelleas hinüber, riss ihn herum und versetzte ihm eine schallende Ohrfeige. Er starrte sie verblüfft an. »Du Wurm!«, rief sie. »Du Frauenbeleidiger! Wie kannst du solche Dinge über diese edle Dame sagen? Wer hat denn den Schurken Gawain zu ihr geschickt?« Sir Pelleas klappte das Kinn herunter und seine Augen weiteten sich. Nimue schaute ihn noch einen Moment lang zornig an, dann streckte sie ihm die Zunge heraus und schimpfte weiter.

»Auf die Knie, du Krebs, du Seuche, du Pestbeule! Auf die Knie! Und jetzt flehst du mich um Verzeihung an, und wenn ich das Gefühl habe, dass du es trotz allem wert bist, dann werde ich dich mit Tritten vor das Bett dieser edlen Dame befördern, damit du auch sie um Verzeihung bitten kannst. Hast du gehört? Auf die Knie!«

Sir Pelleas fiel wie ein Stein auf die Knie. Hingerissen schaute er in Nimues Gesicht. »Ich flehe Euch von ganzem Herzen um Vergebung an, Herrin! Ich hätte den Tod dafür verdient, dass ich vor Euren keuschen Ohren solche Worte über die Lippen gebracht habe. Sagt mir, ich bitte Euch demütigst, wie heißt Ihr, oh verehrenswerte Göttin!«

Nimue fuhr zusammen, dann schaute sie hilflos zu Gawain hinüber. Gawain schlug die Hände vor die Augen und stöhnte: »Großer Gott, jetzt hat der Tropf sich in Nimue verliebt!«

»Ich … den sag ich Euch nicht«, erklärte Nimue. »Das habt Ihr nicht verdient.«

Pelleas lächelte verträumt und sagte: »Dann werde ich Euch … Clorinda nennen. Oder Phoebe. Ich werde Sonette auf Eure Reinheit und Eure Unschuld schreiben.« Nimue starrte ihn an.

Gawain fluchte leise. »Jetzt muss ich sie auch noch retten«, stöhnte er. Er trat einen Schritt vor, doch Terence packte ihn am Arm.

»Moment noch, Milord«, flüsterte er mit heiserer Stimme. »Seht Euch Lady Ettard an!«

Während Nimue Sir Pelleas zusammengestaucht hatte, hatte Lady Ettard mit schluchzen aufgehört. Jetzt setzte sie sich bleich und schwach im Bett auf und ihre Augen funkelten wütend. »Du«, keuchte sie. »Du! Pelleas! Du treuloser, nichtswürdiger, unzuverlässiger, törichter junger Dachs! Wie kannst du behaupten, ich sei treulos, wenn du dich der erstbesten gerissenen Person zu Füßen wirfst, die dich so behandelt, wie du das verdienst?« Unsicher saß sie auf der Bettkante.

Sir Pelleas blickte sie nachdenklich an, dann starrte er Nimue und schließlich wieder Lady Ettard an, und dabei sah er überaus verwirrt aus. »Aber Ihr … aber Ettard … Ihr … und diese tugendhafte Dame hier …«, stammelte er zusammenhanglos.

Nimue seufzte erleichtert auf und wandte sich Lady Ettard zu. »Jetzt hört auf, diesen tapferen Ritter zu beschimpfen«, sagte sie, »es ist doch nicht schlimm, ab und zu mal eine andere Dame zu lieben.«

»Oh doch, das ist es!« Lady Ettard fletschte die Zähne. »Liebe muss ewig sein.«

»Das stimmt«, sagte Sir Pelleas und schaute Nimue bedauernd an. »Ich habe Ettard meine ewige Liebe geschworen. Und jetzt … ach, was habe ich getan!«

»Ihr habt nichts getan, was Strafe verdient hätte«, sagte Nimue voller Überzeugung.

»Aber Strafe wird er kriegen«, verkündete Lady Ettard und erhob sich. Sie war jedoch so schwach, dass ihre Beine sie nicht trugen, und deshalb fiel sie kopfüber auf den gepflegten Kiesweg. Sofort war Nimue vergessen und Sir Pelleas kroch auf allen vieren zu ihr hin.

»Mein Täubchen! Mein Herz! Habt Ihr Euch verletzt?«

»Bleibt mir vom Leibe«, fauchte Lady Ettard, deren Gesicht noch immer im Kies lag. Langsam kam sie ins Sitzen. Sie schaute Nimue verachtungsvoll an, dann richtete sie ihren blitzenden Blick auf Sir Pelleas. »Kommt auch nicht einen Zentimeter näher an mich heran, Ihr Made, sonst lasse ich Euch zertrampeln und den Spatzen zum Fraß vorwerfen. Ihr … Ihr …« Dann schnappte sie sich eine Handvoll Kies und bewarf Sir Pelleas wütend mit kleinen Steinen.

»Ach, mein liebstes Leben«, rief Sir Pelleas. »Ihr wisst, dass ich niemals eine andere lieben könnte als – aua! – als Euch. Ich habe diese Frau vorhin – aua – nicht wirklich geliebt. Jede Faser meines Wesens lechzt – aua – nach Eurem Anblick!«

»Dann blickt das hier an, Kerbtier!«, schrie Lady Ettard und warf immer schneller.

»Ich habe ein Sonett auf Eure Nase geschrieben, mein liebstes Herz. Aua! Es lautet *J'entends de la* – aua!«

Nimue hatte sich beiseite geschlichen und trat jetzt neben Gawain und Terence. »Gut gemacht, trotz allem, Sir Gawain«, sagte sie. »Jetzt sind sie doch immerhin wieder glücklich.«

»Ekelhaft«, sagte er und schüttelte langsam den Kopf.

»Gehen wir? Nachdem Ihr nun diese Probe bestanden habt, habe ich noch einige Anweisungen, die Euch auf Eurem Ritterzug weiterhelfen werden.«

»Ja, weg hier«, sagte Gawain. Die Dame vom See führte sie zurück in die Burg. Als Terence Lady Ettards Prunksaal betrat, schaute er sich noch einmal um. Lady Ettard saß noch immer auf dem Kiesweg und bewarf Sir Pelleas mit Steinen, und der hockte nur zwei Meter von ihr entfernt und sagte noch immer hartnäckig sein französisches Sonett für sie auf.

»Brundle«, rief Lady Ettard, »bringt mir noch Steine! Aber größere!«

GANSCOTTERS BURG

Sie konnten Lady Ettards Burg unangefochten verlassen und ritten dann wieder in den östlichen Wald. Als sie die ersten Bäume erreichten, fragte Nimue: »Sir Gawain? Woher habt Ihr gewusst, was Ihr zu tun hattet?«

»Das war reines Glück«, lachte er, »als dieser Wirrkopf Euch mit seinem Dackelblick anstarrte, glaubte ich schon, jetzt wirklich alles ruiniert zu haben.«

Nimue lächelte reuevoll. »Ich auch. Manchmal ist Bewunderung ein Kompliment. Manchmal ist sie eine Beleidigung.«

»Aber Pelleas scheint Beleidigungen zu lieben«, sagte Gawain. »Das ist mir erst aufgegangen, als er und Ettard von seinen vielen Demütigungen geschwärmt haben.«

»Und Lady Ettard? Was genießt sie?«, fragte Nimue.

Gawain überlegte. »Zuerst dachte ich, sie wünsche sich einen energischen Liebhaber, der sie beherrscht – ich glaube, sie dachte das auch. Aber in Wirklichkeit will sie selber herrschen, statt beherrscht zu werden.«

»Merkt Euch das, Sir Gawain«, sagte Nimue. »Nicht einmal eine so dumme Frau wie Lady Ettard möchte beherrscht werden.«

»Das werde ich«, sagte Gawain und musterte Nimue neugierig.

Gegen Nachmittag erreichten sie ihr Lager am See. Gawain streckte sich erschöpft und wollte vom Pferd steigen, doch Nimue hielt ihn zurück.

»Es tut mir sehr Leid, Sir Gawain, Terence. Aber ihr könnt noch nicht Feierabend machen.«

»Ach«, sagte Gawain. »Ihr habt ja gesagt, dass Ihr noch weitere Anweisungen für uns habt.«

Sie nickte. »Es sind die letzten, die Ihr erhalten werdet: Folgt mir in den See und dann folgt dem See selbst. Folgt dem See, bis Euch die Kerze des Himmels eine offene Tür zeigt. Tretet dort ein und stellt Euch Eurer letzten Probe.«

»Unserer letzten Probe wofür? Was soll ich denn erreicht haben, wenn ich diese Probe bestanden habe?«, fragte Gawain stirnrunzelnd. »Was ist das für eine Ritterfahrt, über die Ihr und Terences Bote und Morgane immer wieder redet?«

»Manchmal, Sir Gawain, ist es das Ziel einer Ritterfahrt, das Ziel dieser Ritterfahrt zu begreifen.«

Gawain seufzte. »Ich nehme an, ihr Leute aus der anderen Welt müsst so reden. Ich wüsste aber gern, ob ihr damit etwas erklären oder etwas verstecken wollt.«

»Sowohl als auch.« Nimue lächelte und wandte ihren Schimmel dem See zu. »Folgt mir. Und merkt Euch, Ihr dürft weder ausruhen noch das Wasser verlassen, bis Ihr die Tür erreicht habt.« Sie ritt in den See hinein und Terence und Gawain folgten ihr. Nimue sagte noch einmal: »Folgt dem See«, dann versank sie mit ihrem Pferd unter der Wasseroberfläche. Nicht das leiseste Kräuseln verriet noch, dass sie jemals dort gewesen war.

Die beiden anderen starrten lange den glatten Wasserspiegel an. Dann sagte Gawain: »Also los, Terence. Folgt dem See, hat sie gesagt, ich nehme an, damit ist das Ufer gemeint.«

Gawain planschte durch das seichte Wasser am Rand des Sees, Terence dagegen rührte sich nicht. Er musste plötzlich und ohne Grund an die Gestalt denken, die ganz früh an diesem Tag im Nebel erschienen war, an diese vage, menschenähnliche Gestalt, die auf den See gezeigt hatte. »Nein, Milord«, sagte er.

Gawain blieb stehen und schaute sich über die Schulter um. »Was denn, Knabe?«

»Ich … ich glaube, wir sollten diese Richtung nehmen«, Terence zeigte geradeaus auf den See.

»Mit den Pferden?«, fragte Gawain leicht überrascht, »dann ertrinken wir doch.«

»Das weiß ich nicht, Milord. Ich weiß nur, dass es falsch wäre, dem Ufer zu folgen.«

Gawain musterte Terence nachdenklich. »Kannst du mir sagen, woher du das weißt?« Terence schüttelte den Kopf. »Aber du weißt es ganz einfach?«, fragte Gawain nun. Terence nickte und kam sich überaus dumm vor. Gawain spitzte die Lippen und sagte dann mit einem viel sagenden Lächeln: »Das muss mir wohl reichen. Reite du voran, Terence.«

Terence schaute auf den See, fragte sich für einen Moment, was es wohl für ein Gefühl wäre zu ertrinken, und ließ sein Pferd dann loslaufen. Es musste fast sofort mit Schwimmen anfangen und Terence ließ sich aus dem Sattel gleiten und paddelte neben her, um die Last des Tieres zu erleichtern. Nach wenigen Sekunden jedoch hörte Terences Pferd auf zu schwimmen und kletterte auf eine unter Wasser liegende Sandbank. Terence tastete vorsichtig mit den Füßen und stellte fest, dass ihm das Wasser nur bis an die Brust reichte.

»Seht doch nur, Milord! Hier ist es seichter. Was für ein Glück!«

Guingalet stieg ebenfalls auf die Sandbank und Gawain sagte: »Glück?!«

Dann setzten sie die Wanderung durch den See fort, immer fanden sie seichte Stellen, an denen das Wasser ihnen nur bis zum Bauchnabel reichte. Terence ging vorweg, hielt sein Pferd am Zügel und tastete mit den Füßen nach Löchern und tiefem Wasser. Gawain in seiner schweren Rüstung saß auf Guingalets Rücken und beobachtete alles, was Terence unternahm.

An einer Stelle geriet Terence ein wenig zu weit nach rechts und spürte, wie der Boden unter seinen Füßen verschwand. Keuchend kam er an die Wasseroberfläche. »Nach rechts ist es also tief, ja?«, fragte Gawain, »versuch es mal ein paar Schritte nach links, Terence.« Terence gehorchte und spürte wieder, dass der Boden nach unten abfiel. »Weißt du, was das ist, Terence?«, fragte Gawain. »Eine unterseeische Straße, wir befinden uns auf einer unterseeischen Straße. Von hier oben kann man das sehen. Auf beiden Seiten ist das Wasser dunkel, in der Mitte jedoch heller.«

Jetzt sah Terence es auch. Vor ihm streckte sich ein dünnes Band aus heller gefärbtem Wasser dahin, das den seichten Teil des Sees anzeigte. »Aber wer baut unterseeische Straßen, Milord?«, fragte er.

»Und warum?«, fügte Gawain hinzu.

Sie trotteten weiter. Jetzt, wo sie ihren Weg sehen konnten, brauchte Terence nicht mehr zu laufen, er stieg wieder in den Sattel und folgte dem hellen Pfad. Das Ufer fiel hinter ihnen zurück, während das andere niemals näher zu rücken schien.

Und dann senkte oder vielmehr hob sich der Nebel, denn er schien aus dem See selbst zu kommen. Eben hatte Terence noch den ganzen See im Blick gehabt, jetzt konnte er nur noch die vagen Umrisse der Ohren seines Pferdes erkennen.

Terence stieg ab und führte sein Pferd wieder am Zügel, an den er sich klammerte wie an eine Rettungsleine. Dabei rief er Gawain die Richtungsanweisungen zu. Er konnte gar nicht zählen, wie oft er von der Straße abkam und in tiefes Wasser geriet und sich an den Zügeln wieder herausziehen musste. Einmal rutschte Guingalet aus und Gawain konnte sich nur unter Aufbietung all seiner Reitkünste auf dem Weg halten. Und von allen Seiten her hörte Terence leise, schwappende Geräusche. Er blieb stehen. »Milord?«

»Ich höre es auch, Junge.«

Etwas Langes, Kaltes streifte Terences Bein. »Milord«, rief er. »Hier ist etwas! An meinem Bein!«

»Terence! Nicht bewegen! Nicht einen Muskel! Hörst du?«, sagte Gawain ruhig. »Hier sind Tausende davon. Wenn wir versuchen zu fliehen, dann enden wir beide unten auf dem Boden des Sees.«

Etwas, das Ähnlichkeit mit einer langen Schlange oder einem Aal hatte, rutschte an Terences Bein hoch, glitt über seine Schulter und verschwand dann wieder im Wasser. »Wir dürfen nicht anhalten, Milord. Das hat Nimue doch gesagt.« Terence holte tief Luft. »Ich gehe ganz langsam weiter.«

Terence flüsterte seinem Pferd, das sich krampfhaft schüttelte, Beruhigendes ins Ohr, dann bewegte er sich langsam vorwärts. Eine geschlagene Viertelstunde hindurch setzte er vorsichtig einen Fuß vor den anderen, während die seltsamen Wesen ihn umwirbelten, umschlängelten und umwogten. Seine Arme taten schon weh, weil er die Zügel so fest hielt. Ein Wesen wand sich dreimal um seine Taille und Terence brach in fieberhaften Schweiß aus, ging aber weiter vorwärts und erteilte Gawain in heiserem Flüstern seine Befehle. Er hörte nichts anderes als das leise Platschen, mit dem die Wesen durch die Wasseroberfläche brachen. Hinter sich hörte er Gawain murmeln: »Die Vorstellung, dass um ein Haar Gaheris mein Knappe geworden wäre!« Terence kam sich gleich mutiger vor und ging immer weiter.

Der Nebel wurde dunkler und schien sich zu Gestalten zusammenzuballen. Erst sah er einen Stier mit gesenktem Kopf, dann einen Menschen, dann andere Dinge. Die Gestalten jagten hin und her und verwandelten sich vor Terences Augen, und sie grüßten ihn nicht freundschaftlich, wie die Figuren im Morgennebel das getan hatten, sondern verhöhnten ihn und lachten ihn aus. Und noch immer wanden und wickelten sich die Unterwasserwesen um seine Beine. Terence bekam kaum noch Luft, er dachte nur noch daran, dass er einen Fuß vor den anderen setzen musste. Einige Meter weiter nahmen zwei Erscheinungen die Gestalt einer Dame und eines Ritters an. Terence blieb stehen und schnappte nach Luft.

»Was ist los, Terence?«, flüsterte Gawain.

»Nichts, Milord.« Terence würgte und ging wieder weiter. Jetzt konnte er hören, dass die Dame leise etwas sagte. Terence machte noch einen Schritt und die Stimme der Dame wurde deutlicher.

»Nicht jetzt. Nein, noch nicht. Nicht, solange Merlin noch dort ist. Aber es wird bald so weit sein. Merlin wird den Hof verlassen und dann …« Terence biss die Zähne zusammen und ging näher. Die weibliche Gestalt wirbelte herum und sah ihn. »Du! Schon wieder!« Terence machte noch einen Schritt, kam vom Weg ab und fiel Hals über Kopf in den See, mitten zwischen die zuckenden Wasserwesen. Langsam zog er sich an den Pferdezügeln wieder heraus, während glitschige Geschöpfe von seinen nassen Schultern tropften.

»Terence«, flüsterte Gawain besorgt.

»Hier, Milord«, keuchte Terence, »ich lebe noch.« Die Gestalten der Dame und des Ritters waren verschwunden. Terence hätte vor Furcht und Erschöpfung weinen mögen, streckte aber den Fuß aus und setzte sich wieder in Bewegung.

Endlich schienen die sich zuckenden Wesen zurückzuziehen. Einen langen Moment schwiegen sie beide, dann sagte Gawain: »Ich werde für den Rest meines Lebens davon träumen.«

Terence holte tief Luft und spritzte sich Wasser ins Gesicht, um seine Tränen abzuwischen. »Wisst Ihr, was das für Wesen waren?«, fragte er.

»Das können nur Shaughuses gewesen sein, Junge. Giftige Aale. Angeblich brauchen sie nur einmal über deine Haut zu lecken, und schon bist du tot.«

Terence schauderte, ging aber weiter. »Ein bisschen nach rechts, Milord«, sagte er.

Ungefähr eine Stunde darauf lichtete sich der Nebel, doch sie konnten noch immer nicht mehr sehen als zuvor. Die Sonne war untergegangen und eine dicke Wolke hatte sich vor den Mond geschoben. Die Luft war frisch, ein kalter Wind wehte. Gawain fluchte.

»Was ist los, Milord?«

»Da zieht ein Gewitter auf. Und wir stehen mitten in einem See. Eine gefährlichere Stelle hätten wir uns kaum aussuchen können.« Und wie an sich selber gewandt fügte er noch hinzu: »Und ich bin in voller Rüstung.«

Am Horizont flackerte ein Blitz auf und einige Sekunden darauf dröhnte der Donner los. Es grollte und knallte immer wieder, und dann barst der Himmel und leerte sich über ihnen aus. Harte Regenströme prasselten auf sie hernieder und überall leuchteten die Blitze. Terence trottete weiter und musste Gawain seine Anweisungen bisweilen zwei- oder dreimal zurufen, ehe er dessen gebrüllte Antwort wahrnahm. Eine riesige Blitzsäule schien über ihnen zu tanzen, und in diesem Licht sah Terence zu seiner Überraschung zu beiden Seiten ihres Weges Bäume.

»Milord! Milord!«, brüllte er.

»Schon klar, Terence! Wir haben einen Fluss erreicht. Wir sind sicher ...« Seine Stimme ging in einem Donnerschlag unter. Die Flussströmung riss Terence um, aber er hielt die Zügel fest und zog sich wieder an die Oberfläche, während neben ihnen der Blitz einschlug. Von dem Knall wurde Terence wie von einem Schlag getroffen, und auch zu seiner Rechten folgte sogleich eine Explosion. Plötzlich konnte er alles sehen im wütenden Leuchten einer vom Blitz getroffenen Fichte, die lange züngelnde Flammen zum Himmel hochjagte. Neben ihm, gleich am Flussufer, ragte eine riesige steinerne Burg auf. Das andere Ufer, auf dem die Fichte verbrannte, war nur wenige Meter entfernt. Während er sich noch umsah, senkte sich eine gewaltige Zugbrücke.

»Da ist sie, Terence. Die Tür!«, rief Gawain. »Ans Ufer!«

Wie benommen folgte Terence Gawains Beispiel, er zog und brüllte und flehte sein Pferd an, bis beide Tiere triefend auf dem trockenen Ufer standen. Gawain packte Terences Schulter. »Gut gemacht, Junge! Und jetzt in die Burg!«

Sie führten ihre Pferde über die Zugbrücke in eine niedrige Halle, die von munteren Wandfackeln beleuchtet wurde. Hinter ihnen ging die Zugbrücke wieder hoch und der wütende Sturm schien plötzlich tausend Meilen entfernt zu sein. »Hier sind wir also«, sagte Gawain. Sein Gesicht war von tiefer Erschöpfung gezeichnet. »Die Kerze des Himmels hat uns die Tür gezeigt. Wo immer wir hier sein mögen.«

»Willkommen, ihr Reisenden«, sagte eine freundliche Frauenstimme. »Eure Zimmer warten schon. Hättet ihr lieber getrennte Schlafzimmer oder möchtet ihr eins teilen?« Eine blonde junge Frau kam um die Ecke, sie hielt in jeder Hand eine Lampe.

Gawain starrte sie kurz an, dann verneigte er sich. »Ein Zimmer nur, bitte«, sagte er.

»Sehr wohl. Folgt mir bitte.« Die Frau wandte sich ab und lief graziös durch eine lange Halle. »Die Stallburschen werden sich um eure Pferde kümmern. Der Herr und seine Tochter werden euch morgen nach dem Frühstück empfangen, das Euch ein Dienstbote in Eurem Zimmer servieren wird. Heißes Wasser steht bereit und das Feuer brennt.«

Gawain warf Terence einen hilflosen Blick zu und sagte dann: »Bis hierher sind wir immerhin gekommen, Junge. Also los.« Sie überließen ihre durchnässten Pferde den Stallburschen und folgten der jungen Frau.

»Wenn ich sonst noch etwas für euch tun kann«, sagte sie, »dann bitte, sagt mir oder den anderen Bediensteten Bescheid.«

»Ihr könntet ein paar Fragen beantworten«, sagte Gawain.

»Ich stehe zu Diensten, Sir Gawain.« Sie nickte und bog in einen dunkleren Gang ab.

»Als Erstes, woher wisst Ihr meinen Namen und woher habt Ihr gewusst, dass und wann wir kommen?«

»Wenn der Herr Euch empfangen hat, dann werdet Ihr nicht mehr fragen, woher er weiß, was er weiß«, sagte sie mit einem geduldigen Lächeln.

»Und wer ist also der Herr dieser Burg?«, fragte Gawain.

»Ganscotter der Zauberer«, war die Antwort.

»Ein Zauberer«, wiederholte Gawain.

»*Der* Zauberer«, korrigierte die Frau.

»Vor nicht allzu langer Zeit traf ich den großen Merlin«, sagte Gawain.

»Auch Merlin, Sir Gawain, dient größeren Mächten«, fiel die Frau ihm ins Wort. »Hier ist Euer Zimmer. Wenn Ihr noch etwas braucht, dann zieht einfach an dieser Schnur, dann wird es gebracht. Schlaft gut, Sir Gawain. Träum süß, Terence.«

Die junge Frau ging und nahm beide Lampen mit.

Das einzige Licht im Zimmer stammte von dem im Kamin flackernden Feuer. Vor dem Kamin standen zwei Sessel, dahinter zwei riesige alte Betten. Vor jedem Bett stand ein kleiner Tisch, auf dem einige Handtücher, ein Wasserkrug und frische Kleidung zu sehen waren. Terence und Gawain wuschen sich und fielen dann dankbar in die Betten, um bis zum Morgen wie tot zu schlafen.

Terence wurde von einem leisen Klopfen geweckt. Er öffnete die Augen und sah Gawain, der jetzt einen prachtvollen grünen Brokatkittel trug, aus dem Sessel vor dem Feuer aufstehen und die Tür öffnen. Dahinter stand ein molliges Küchenmädchen, das sie anstrahlte und ein Tablett trug, das mit Schinken, Speck, pikantem Gebäck, Eiern, einer Schale Hafergrütze, frischen Äpfeln, Birnen und Pflaumen und noch vielen anderen Leckerbissen üppig beladen war. Terence setzte sich im Bett auf und hielt die Decken vor sich hin.

»Der Herr wird Euch in einer Stunde in seinen Gemächern empfangen«, sagte das Mädchen, sowie Gawain ihr das Tablett abgenommen hatte. »Lady Audrey wird Euch abholen. Und jetzt wünsche ich Euch guten Appetit«, sie machte einen Knicks und war verschwunden.

Eine Stunde später erschien die blonde Dame, die sie zu ihrem Zimmer gebracht hatte. Sie führte sie durch ein Labyrinth aus Gängen und dann über eine Wendeltreppe zur Brustwehr oben auf der Burg.

»Terence, sieh doch nur den Fluss«, sagte Gawain plötzlich.

Terence schaute über die Mauer, konnte jedoch keinen Fluss entdecken. Das einzige Wasser, das er sehen konnte, füllte den Burggraben. »Er ist verschwunden, Milord«, sagte er mit schwacher Stimme.

»Schau mal dahinten«, sagte Gawain. Er zeigte auf eine vom Blitz verwüstete Kiefer am Rand des Wallgrabens, von der noch immer Rauch aufstieg.

Terence begriff und flüsterte: »Das ist der Baum, den wir heute Nacht gesehen haben. Wir sind durch den Burggraben gekommen, nicht wahr?«

»Sieht so aus«, meinte Gawain. Er wandte sich ihrer Begleiterin zu und fragte: »Lady Audrey, ja?« Sie blieb stehen und wartete höflich. »Wir sind gestern Nacht aus Eurem Burggraben gestiegen, aber ich kann keinen Bach sehen, der hineinführt. Könnt Ihr uns erzählen, wie wir hergekommen sind?«

Sie lächelte freundlich und sagte: »Alles Wasser der Welt ist in unserem Burggraben enthalten, Sir Gawain. Kommt. Der Herr wartet.« Sie folgten der Dame an der Brustwehr entlang zu einem Turm, der sich an einer Ecke der Burg erhob. Ohne anzuklopfen stieß die Dame eine massive Tür auf und sie betraten einen einfach eingerichteten Raum mit einem dicken Teppich auf dem Boden und einigen wenigen Wandbehängen. Mitten in diesem Raum saß ein kleiner Mann mit einem freundlichen Lächeln und einem lockigen braunen Bart auf einem aus dunklem Holz geschnitzten Thron.

»Willkommen, Sir Gawain«, sagte der Mann und erhob sich. Er schien um die fünfunddreißig zu sein, wenn seine Augen auch verrieten, dass er bereits ein viel höheres Alter erreicht hatte. »Und willkommen, Terence!«, sagte er dann und richtete seine glühenden Augen auf diesen. »Ihr habt Eure Sache gut gemacht. Ich habe wirklich die Hoffnung, dass Ihr alle Eure Aufgaben zu einem guten Ende bringen werdet.«

Beide verbeugten sich tief und Gawain sagte: »Sir, das hoffe ich auch, aber ich wüsste doch gern, worin diese Aufgaben eigentlich bestehen.«

»Das hier ist Euer Ziel, Sir Gawain«, sagte der Mann. Er griff hinter seinen hölzernen Thron und zog eine lange goldene Schärpe hervor. Auf diese Schärpe waren die Worte »Der Ritter der Jungfrauen« gestickt.

»Ich soll der Ritter der Jungfrauen werden?«, fragte Gawain. »Und was bedeutet das?«

»Es bedeutet, dass es Eure Aufgabe ist, das schönere Geschlecht mit Mut und Ehre und mit – Urteilskraft zu verteidigen.«

»Sir, Ihr sprecht von einer Last, nicht von einem Preis.«

Der Mann nickte. »Sir Gawain, Ihr werdet noch begreifen, dass die größten Gaben in unserer Welt zugleich Lasten sind. In Eurer Welt kämpfen die Menschen um Ruhm; bei uns ist das anders.« Er schaute für einen Moment abwesend die Mauern an, dann wandte er sich wieder Gawain und Terence zu. »Ich bin, wie Ihr wisst, Ganscotter der Zauberer, Herr über diese Burg und noch über sehr viel mehr, ein Fürst unter den Feen und ein demütiger Diener meines eigenen Herrn. Ich bin außerdem Euer großer Bewunderer, Sir Gawain. Ich hatte Euch schon im Auge, als Ihr noch ein Kind wart, und ich würde gern die Geschichte Eurer jüngsten Ritterfahrt hören. Würdet Ihr sie erzählen?«

Gawain kniff die Augen zusammen und fragte: »Wisst Ihr nicht, was passiert ist, Sir? Ich hätte gedacht, dass Euch diese Ereignisse viel besser bekannt wären als mir.«

»Die Ereignisse sind mir bekannt, Sir Gawain. Ich möchte die Geschichte hören. Das ist ein Unterschied.«

Langsam zuerst, dann aber mit immer größerer Leichtigkeit erzählte Gawain alles, was passiert war, seit sie König Artus' Hof verlassen hatten, um dem Hirsch zu folgen. Er zeigte keine falsche Bescheidenheit, wenn die Sprache auf seine Triumphe kam, doch er verschwieg auch sein Versagen nicht. Er berichtete darüber, wie schlecht er Terence am Tag ihres Aufbruchs behandelt hatte, und er gab offen zu, dass er Alardin und Ablamor in seinem Zorn kein Mitleid erwiesen und dass er aus Versehen Ablamors Frau getötet hatte. Er erwähnte kurz Alisoun, Pelleas und Ettard, und er schilderte ausführlich, mit welcher Tapferkeit Terence ihn durch den See, die Nacht, den Nebel, den Sturm und die Wasserwesen geführt hatte.

Als er geendet hatte, umfing Ganscotter Terence

mit einem warmen Blick, wandte sich dann wieder Gawain zu und sagte: »Gut gesprochen, Sir Gawain. Aber jetzt muss ich Euch eine Frage stellen. Ihr habt viele Gefahren durchgemacht und seid vielen Frauen begegnet. Sagt mir, was ihr von ihnen gelernt habt.«

Gawain zögerte. »Ich wage es nicht, Herr. Ich habe vor allem gelernt, dass ich noch viel zu lernen habe. Ich muss Frauen das Privileg zugestehen, sich so zu sehen, wie sie wollen.«

»Ihr seid entweder ein Weiser oder ein Diplomat, Sir Gawain«, sagte am anderen Ende des Raumes eine klangvolle Stimme. »Wie auch immer, Ihr habt gut geantwortet.«

Wie vom Blitz getroffen sprang Gawain auf und wirbelte herum. Und in der Tür stand die Hexe von Artus' Hochzeitsfest.

»Meine Tochter«, stellte Ganscotter vor. »Lorie.«

Zögernd ging Gawain einige Schritte auf die hässliche Frau zu. Dann fiel er vor ihr auf die Knie und sagte: »Ich hatte gehofft, Euch wieder zu begegnen, Herrin.«

»Wirklich?«, fragte sie. Terence erschauerte, als er ihre Stimme hörte, und auch Gawain zitterte am ganzen Leib. »Und warum das, Sir Gawain?«

»Um Euch um Verzeihung zu bitten, meine Dame. Ich war unverzeihlich grob zu Euch, aber ich flehe dennoch um Eure Vergebung.«

»Abermals gut gesprochen«, sagte Lorie. »Das Unverzeihliche zu verzeihen ist der Atem des Lebens in dieser Welt. Euch ist vergeben, Sir Gawain. Es spricht außerdem für Euch, dass Ihr nicht erwähnt, dass ich Eure Grobheit bewusst herausgefordert habe.«

»Ich halte diese Provokation nicht für eine Entschuldigung, meine Dame.«

»Es gibt keine Entschuldigungen, Sir Gawain«, lachte sie, und ihr Lachen war wie Wind, Wasser und tausend Singvögel zusammen. »Steht auf, Sir Gawain«, sage sie dann. »Ihr dürft nicht vor mir knien.« Gawain erhob sich, ließ dabei aber Lories Gesicht nicht aus den Augen. »Und jetzt muss ich Terence begrüßen«, sagte Lorie und ging auf den Knappen zu. »Ich weiß, dass du deinem Herrn gut gedient hast, Terence. Das freut mich.«

Terence schluckte und sagte: »Danke Herrin.«

»Nein, Terence. Nenn mich nicht so. Für dich bin ich Lorie.«

»Ja, Herrin«, stammelte Terence.

»Alles zu seiner Zeit, mein Kind«, sagte Ganscotter lächelnd.

Gawain und Terence verbrachten den ganzen Tag bei ihrem Gastgeber und ihrer Gastgeberin, und Terence hatte sich noch nie so wohl gefühlt. Ganscotter war, obwohl seine uralten Augen weiterhin Ehrfurcht einflößten, ein angenehmer Gesellschafter. Ein friedliches, traumhaftes Glücksgefühl überkam Terence, wenn Ganscotter etwas sagte, er fühlte sich tapfer und zu allem fähig. Während Gawain und Lorie am Feuer miteinander sprachen und lachten, führte Ganscotter Terence hinaus an die Brustwehr.

»Gefällt dir meine Tochter?«, fragte der Zauberer dann plötzlich.

»Ich glaube schon, Sir«, sagte Terence. »Ihr seid ein Zauberer, aber sie ... sie kommt mir nicht vor wie eine Zauberin.«

»Du weißt so etwas, nicht wahr? Nein, Lorie ist keine Zauberin. Jedenfalls nicht die Sorte Zauberin, die du meinst.« Terence warf einen raschen Blick in Ganscotters Gesicht. »Ja, ich weiß von der, die du im Tümpel gesehen hast«, sagte der Zauberer. »Das war wirklich die Zauberin persönlich.«

»*Die* Zauberin, Sir? Wer ist sie?«

»Sie hat in jedem Zeitalter einen anderen Namen. Aber sie verfolgt immer dasselbe Ziel: Als Königin über die Welt der Männer zu herrschen.«

»Wie ist das möglich?«

»Zuerst muss sie die Könige und Fürsten der Welt aus dem Weg schaffen. Wir werden bald sehen, ob es der Zauberin in diesem Zeitalter gelingen wird. Sag mir, Junge«, fügte er in fröhlicherem Tonfall hinzu, »bist du gern Sir Gawains Knappe?«

»Ja, Sir. Sehr gern.«

»Ist es keine zu niedrige Stellung für dich?«

Terence war verwirrt. »Nein, Sir. Sie ist höher, als ich das je erhofft hätte. Ich kenne meine Eltern nicht, aber ...«

»Wirklich nicht?«, fragte Ganscotter.

»Nein, Sir«, sagte Terence, »und niemand kann mir etwas über sie erzählen. Es sei denn«, in seinen Augen leuchtete eine plötzliche Hoffnung auf. »Sir, wisst Ihr, wer meine Eltern sind?«

Ganscotter nickte und sagte mit sanfter Stimme: »Ja, Kind. Deine Mutter war ein Dorfmädchen mit lachenden Augen, und dein Vater war ein Wanderer aus dieser Welt, der sie gesehen und geliebt hat. Ich kann dir nicht erklären, wie jemand aus dem Feenland eine an die Erde gebundene Menschentochter lieben und sich ihr hingeben kann, aber es kommt vor. Dann wurdest du geboren und warst für deine beiden Eltern eine große Freude. Doch in eurer Welt hat jede Freude ein Ende, und deine Mutter starb, als du noch sehr klein warst. Sie war von ihrer Krankheit sehr geschwächt, aber sie hielt dich bis zuletzt in ihren Armen, und ihre Augen lächelten bis zum Schluss. Ihre Augen hatten große Ähnlichkeit mit deinen.«

Ganscotter verstummte und sah traurig aus. »Doch ein in der Welt der Menschen geborenes Kind kann nicht in unserer Welt bleiben, und deshalb wurdest du in zuverlässige Obhut gegeben.«

»Aber jetzt bin ich in Eurer Welt«, sagte Terence.

»Sicher, aber jetzt, wo du groß bist, ist das etwas anders. Die Feen vergessen nie, wer zu ihnen gehört.«

Tränen brannten zuerst in Terences Augen und dann auf seinen Wangen. »Danke Sir«, sagte er mit erstickter Stimme. »Ich wollte so gern hören, dass meine

Mutter mich geliebt hat.« Durch seine Tränen hindurch sah Terence den Zauberer an, fasste sich dann ein Herz und fragte: »Und mein Vater, ist der … werde ich …?«

»Dein Vater liebt dich ebenfalls«, sagte Ganscotter. »Aber du darfst jetzt keine weiteren Fragen stellen.«

»Aber warum nicht? Und wann werde ich erfahren …«

Ganscotter runzelte die Stirn. »Wenn die Zeit gekommen ist, Terence. Bis dahin musst du mir einfach vertrauen.«

»Ja, Sir. Verzeihung, Sir.«

Ganscotter wartete einen Moment, dann sagte er sanft: »Ich glaube, du kennst dich mit Kräutern aus. Möchtest du meinen Garten sehen?«

Der wunderschöne Tag ging schließlich zu Ende und nach dem Abendessen bei Ganscotter und Stunden voller angenehmer Unterhaltung an seinem Tisch wurden Gawain und Terence in ihr heimeliges Schlafzimmer zurückgeführt. Terence legte sich aufs Bett, er war von Friede erfüllt und sah zu, wie das Feuer lustige Schatten an die Wand malte. In der dunkelsten Zimmerecke bewegte sich etwas. Gawain und Terence fuhren herum und starrte in die Finsternis. Dort stand ein hoher menschlicher Schatten.

»Gawain?« Lories Stimme war unverkennbar.

»Ja, Lorie?« Gawains Stimme klang plötzlich seltsam angespannt.

»Weißt du, warum ich gekommen bin?«

»Ich bin nicht sicher«, sagte er schwach.

Sie sagte ganz einfach: »Ich möchte dir meine Liebe anbieten.«

Gawain schwieg einen langen – einen sehr langen – Moment. Dann sagte er: »Ich nehme sie an. Und ich gebe dir meine.«

Lorie trat aus den Schatten ins Licht des Feuers und Terence starrte sie verblüfft an. Verschwunden waren die Narben auf ihren Wangen, die Flecken, die lange krumme Nase und die faulen Zähne. Er sah ein Gesicht voller Schönheit und Weisheit, mit Lippen, die lächelten, und Augen, die weit und tief blickten. Gawain starrte sie sprachlos an.

»Das ist meine andere Erscheinung, Gawain«, sagte sie. »Jetzt hast du mich mit zwei verschiedenen Gesichtern gesehen. Von jetzt an werde ich nur noch eines haben. Welches aber soll das sein?«

Gawain starrte sie verständnislos an. »Was?«

»Du musst dich entscheiden, welches Gesicht ich haben werde. Entscheide dich und ich werde gehorchen.«

Gawain starrte sie verzweifelt an und sagte kein Wort. Terence schwieg. Er wusste, dass er in diesem Moment nur Zuschauer war. Gawain schaute Lorie an, eine Minute und dann noch eine Minute. Sie wartete geduldig. Nicht weniger als zehn Minuten starrte Gawain sie an. Und dann trat zu Terences Überraschung eine Träne in seine Augen, hing für einen Moment zitternd an seinem Bart und fiel dann auf seine bloße Brust. Mit fast erstickter Stimme sagte er: »Nein, Lorie. Ich gebe dir die Entscheidung zurück. Sieh aus, wie du willst, ich will dir keine Vorschriften machen.«

Lories Gesicht entspannte sich und sie seufzte tief. »Ach, Gawain«, sagte sie, »ich habe gebetet, dass du das sagen würdest, mein Geliebter. Ich entscheide mich für dieses Aussehen.«

Dann nahm Gawain Lorie in die Arme und sie küssten einander zärtlich. Terence wandte sich diskret ab und sah nun, dass Ganscotter zu ihnen getreten war – von wo aus, wusste er nicht. Der Zauberer lehnte an der Wand und lächelte dem Paar zu.

»Du hast die letzte Probe bestanden, mein Sohn«, sagte er. Gawain schaute auf, Freudentränen funkelten in seinen Augen, als Ganscotter auf ihn zutrat. Lorie ließ Gawain los und Gawain fiel vor dem Zauberer auf die Knie. Feierlich streifte Ganscotter die goldene Schärpe mit der Aufschrift »Ritter der Jungfrauen« über Gawains Kopf. »Das ist das Zeichen des Ritters der Jungfrauen, Gawain. Trag es an deinem Herzen, unter deiner Rüstung. Es ist dein Geschenk und deine Last. Und jetzt steh auf.«

Als er das gesagt hatte, löste sich das Zimmer auf. Wenige Sekunden später waren Ganscotter, Lorie und alles andere verschwunden, und Gawain, Terence und ihre Pferde standen auf einer Wiese an einem Bach und zitterten im kalten Wind. Nur die goldene

Schärpe auf der Brust seines Herrn, die süße Stimme, die im Wind »Lebwohl, mein Geliebter« flüsterte und Gawains verzweifeltes trauriges Schluchzen bewiesen Terence, dass er nicht geträumt hatte.

GALATINE

Gawain weinte fast die ganze Nacht, während Terence über seinen Herrn wachte. Der Wind war eiskalt und Terence wusste, dass es bald frieren würde. Die Pferde schmiegten sich aneinander und Terence breitete alle Decken, die sie hatten, über den bebenden Leib seines Ritters. Endlich schlief Gawain, vom Kummer erschöpft, ein, und Terence lief hin und her, um sich warm zu halten. Er fühlte sich elend, wollte aber um keinen Preis die Ruhe seines Herrn stören.

Als Gawain sich in der Morgendämmerung bewegte, konnte Terence den Augenblick erkennen, in dem die Erinnerung an Lorie zurückkehrte, denn sein Gesicht verdüsterte sich plötzlich. Terence wandte sich ab. Er hatte Holz und Reisig gesammelt und machte jetzt ein Feuer. Er schwieg. Gawain musterte die Decken und runzelte die Stirn.

»Das ist deine Decke, Terence«, sagte er.

»Ich war nicht müde, Milord.«

»Du lügst«, sagte Gawain. »Aber danke.« Er holte für einen Moment tief Luft, dann schüttelte er sich und stand auf. »Was zum Teufel ist bloß in das Wetter gefahren? Mitten im Sommer ist es doch sonst nie so kalt.«

»Es ist kein Sommer mehr, Milord«, sagte Terence. »Seht Euch doch die Blätter an.«

Im Licht, das im Osten immer stärker wurde, wurden nach und nach einige gelbe, rote, orange und goldene Blätter sichtbar. »Herbst?«, fragte Gawain mit leiser Stimme.

»Oktober, Milord. Das Efeu blüht.«

»Oktober? Aber es war doch …«

»Ja, Milord. Wir haben Ganscotters Burg im Juli erreicht. Vielleicht sind wir länger dort geblieben, als uns bewusst war.«

»Wie König Herla«, murmelte Gawain.

»Wer?«

»Das ist eine Geschichte für Kinder, Junge. Ein König wollte eines Abends die Feen besuchen, und als er sie verließ, waren hunderte von Jahren vergangen.«

Terence schaute ihn entsetzt an. »Ihr glaubt doch nicht …«

»Ich weiß es nicht. Mindestens drei Monate sind verstrichen.«

Als sie gegessen und sich am Feuer gewärmt hatten, fühlte Terence sich sehr viel besser. »Wohin jetzt, Milord?«, fragte er.

»Mir ist alles egal«, sagte Gawain kurz. Terence starrte seine Füße an, die er zum Feuer hin ausgestreckt hatte. Gleich darauf sagte Gawain: »Tut mir Leid, Terence. Ich darf das nicht an dir auslassen.«

»Ich nehme, was ich bekomme, Milord«, antwortete Terence.

Zum ersten Mal an diesem Morgen sah Gawains Gesicht weniger düster aus. Er sagte: »Jetzt hast du's mir aber gegeben. Du hast Recht, Knabe. Also, wohin jetzt? Ich weiß es wirklich nicht.« Terence wartete schweigend ab. »Na gut, Terence«, sagte Gawain endlich, »was ist los?«

»Also, Milord, wenn wir wirklich drei Monate in der Burg waren, oder wenigstens drei Monate, wie Ihr gesagt habt, dann sollten wir vielleicht den Brunnen suchen, an dem wir mit Sir Marhault und Sir Tor verabredet sind. Das sollte doch nach drei Monaten sein, nicht wahr?«

Gawain nickte. »In Ordnung. Wahrscheinlich werden wir feststellen müssen, dass Sir Marhault und Sir Tor schon vor Jahrhunderten gestorben sind, aber es ist doch immerhin ein Ziel.« Er klang nicht begeistert, aber Terence freute sich doch darüber, dass sie etwas zu tun hatten.

Da sie nicht wussten, welche Richtung sie einschlagen sollten, folgten sie ganz einfach dem Bach. Gawain schwieg und Terence achtete dieses Schweigen. Als die Sonne aufging konnte Terence sehen, wie sein Herr an Stärke gewann. Endlich, kurz vor Mittag, fragte Terence: »Milord?«

»Ja, Terence?«

»Als Ihr Lady Lorie gebeten habt, Ihr Aussehen selber zu bestimmen, dann war das, weil Ihr ihr vertraut habt, nicht wahr?«

Gawain überlegte kurz, dann sagte er: »Zum Teil.

Das war nicht der einzige Grund, aber es hat auch eine Rolle gespielt.«

»Schön. Und liebt Ihr sie noch immer, Milord?«

Gawain setzte sich ganz gerade. Wütend erwiderte er: »Ob ich sie – Terence, ich liebe sie mit jeder Sekunde mehr. Frag mich das nie wieder, hörst du?«

»In Ordnung. Vertraut Ihr ihr so sehr, dass Ihr glaubt, dass auch sie Euch noch liebt?«

Gawain musterte Terence scharf. »Was zum Teufel weißt du denn davon, Terence?«, fragte er gereizt.

»Nichts, Milord.«

Danach ritten sie zwanzig Minuten schweigend weiter. Schließlich sagte Gawain: »Ich habe meine Dame verloren. Aber meinen Freund habe ich noch. Danke, Terence.«

Bald erreichten sie einen Pfad, der ihnen bekannt vorkam, und eine Stunde darauf ritten sie auf die Lichtung, auf der sie die drei Fahrenden Damen getroffen hatte. Die anderen warteten schon auf sie, Sir Marhault und seine Dame, Sir Tor mit Plogrun und der alten Dame, und sogar Lady Alisoun hatte sich eingefunden. Gawain verneigte sich und sagte: »Guten Tag, Ihr alle.«

»Ich hab doch gesagt, dass er es schaffen würde«, rief Tor triumphierend. Er trat vor und packte Gawains Hand. »Und nur eine Woche zu spät. Hallo, Terence. Gawain, deine junge Dame – sag mal, verlegst du Damen immer gleich am ersten Tag, nachdem du sie gefunden hast? – hielt dich für tot. Aber jetzt esst erst einmal.« Er zeigte auf ein Picknick aus Brot und Käse.

Gawain lächelte Lady Alisoun an und fragte sofort: »Und wie lange habt Ihr gebraucht, um den Ritter zu erledigen, mit dem Ihr davongeritten seid?«

»Ich erledige meine Ritter nicht«, fauchte sie ihn an.

»Ich bitte um Verzeihung«, sagte er. »Aber er ist doch tot, oder?«

»Ja«, gab sie widerstrebend zu, »aber er ist tapfer gestorben.«

»Da gratuliere ich ihm«, sagte Gawain. Er wandte sich an Tor und sagte: »Und jetzt erzähl, wie du diese drei Monate verbracht hast, Tor. Abenteuer? Schlachten? Drachen? Riesen?«

Tor lachte und sage: »Nein, nein, den Riesen hat der alte Marhault erledigt. Ich habe nur ein paar Ritter besiegt und eine Dame gerettet. Und du, Gawain?«

»Nicht der Rede wert«, Gawain lächelte. »Ich habe mich an ein paar Liebschaften versucht und bin schwimmen gegangen.« Seine Augen blickten zärtlich in die Ferne und Terence wusste, dass er an seine Geliebte in der Feenburg dachte. Tor machte ein enttäuschtes Gesicht, aber auch er hatte Gawains Augen gesehen und stellte keine weiteren Fragen.

Sie aßen im Schatten einer hohen Eiche. Sir Marhault und Tor erzählten Gawain ihre Geschichten mit einer Gewandheit, die durch häufige Wiederholung entsteht. Sir Marhault hatte mit einigen anderen fahrenden Rittern die Lanzen gekreuzt und sie alle aus dem Sattel gehoben, doch das größte Abenteuer war sein Sieg über einen tückischen Riesen namens Taulurd gewesen, der im Norden die Ländereien des Herzogs Fergus verwüstet hatte. Es war ein wirklich großer Sieg, aber Sir Marhault schien ihn fast zu bereuen. »Dieser Riese war ein rechter Störenfried und hatte es nicht besser verdient«, sagte er, »aber er hatte nicht mehr Vernunft als ein Kind und hat geweint wie ein mutterloser Säugling, als er sterben musste.«

Tors Geschichte war einfacher. Er hatte nicht nur ein Turnier gewonnen, bei dem er dreißig Ritter aus dem Sattel gehoben hatte, sondern einige Tage darauf hatte er die schöne Dame des Felsens vor zwei Brüdern gerettet, die ihr ihr Land wegnehmen wollten. Er hatte gegen beide zugleich gefochten und beide getötet, obwohl er leicht verletzt gewesen war. Als er geendet hatte, fragte Gawain: »Dreißig Ritter aus dem Sattel gehoben, hast du gesagt?«

»Ja«, antwortete Tor. »Aber sie waren natürlich nicht so stark wie du oder Sir Marhault.«

»Aber dreißig Ritter, das ist nicht schlecht. Du musst dich um einiges verbessert haben, seit ich dir zuletzt bei einem Zweikampf zugesehen habe.«

»Na ja, nachdem wir uns getrennt hatten, habe ich schon ein bisschen trainiert«, sagte Tor vage. Plogrun schnaubte und Lady Lyne gestattete sich ein winziges Lächeln. Später sollte Terence von Plogrun genauer erfahren, dass die beiden ersten Monate des Ritterzuges ausschließlich mit intensivem Training auf Lady

Lynes Burg verbracht worden waren, Tor hatte jeden Tag achtzehn bis zwanzig Stunden zu Fuß und im Sattel Schwertkämpfe üben müssen. Lady Lyne, das konnte Terence sich denken, war eine harte Zuchtmeisterin, und weil Plogrun auf ihre Künste eifersüchtig war, hatte er Tor einem ebenso harten Training unterworfen. Der junge Ritter hatte zweifellos grauenhafte Monate hinter sich, doch seine Erfolge im letzten Monat seiner Ritterfahrt zeigten ja, dass die Mühen sich gelohnt hatten.

Als Tor seine Geschichte beendet hatte, schauten alle Gawain an. Er erzählte kurz von Sir Pelleas und Lady Ettard, ging dabei aber nicht auf Nimue ein. Dann sagte er: »Nach dieser kleinen Episode gibt es eigentlich nicht mehr zu erzählen. Wir kamen an eine große Burg, in der ein Edelmann und seine Tochter uns für, wie wir glaubten, einen Abend und einen Tag gastfreundlich aufnahmen, doch nach unserem Aufbruch stellte sich heraus, dass drei Monate vergangen waren. Das war gestern Abend. Danach sind wir sofort hergekommen.« Er lächelte bedauernd und fügte hinzu: »Kein sonderlich aufregender Ritterzug, fürchte ich.«

»Drei Monate sind in einer Nacht vergangen?«, fragte Tor ungläubig.

»Ich habe von so etwas gehört«, sagte die Dame, die mit Sir Marhault geritten war. »Ihr seid verzaubert worden.«

Gawain lächelte. »Vielleicht bin ich das immer noch«, sagte er.

Plogrun musterte Terence misstrauisch. »Alles klar, Kumpel«, flüsterte er. »Was ist wirklich passiert?«

Terence schaute ihn unschuldig an und erwiderte: »Wie meinst du das?« Plogrun wandte sich empört ab.

Am folgenden Tag ritten die drei Ritter und die zwei Knappen weiter, während die Drei Fahrenden Damen auf die nächsten Ritter warteten, die sie zu neuen Abenteuern führen könnten. Sie ritten südwestwärts in Richtung auf Camelot. Sir Marhault wollte nach Cornwall, aber Camelot lag auf dem Weg und Gawain und Tor versprachen ihm, dass König Artus ihn an seinem Hof willkommen heißen würde. Gawain war noch immer sehr schweigsam, aber er konnte mit seinem Kummer jetzt besser umgehen, sodass es nicht mehr besonders auffiel, sondern zu seinem Wesen zu gehören schien. Vielleicht ist das ja auch der Fall, dachte Terence.

Die anderen hatten sich in den drei Monaten ihrer Trennung ebenfalls verändert. Sir Marhault war wie Gawain jetzt nachdenklicher und weniger zum Plaudern aufgelegt. Tors Gesicht (das dünner war als zuvor) und seine (breiter gewordenen) Schultern zeigten größeres Selbstvertrauen, als Terence früher an ihm beobachtet hatte. Sogar der spöttische Plogrun hatte sich verändert; er brachte Tor viel mehr Respekt und Gehorsam entgegen. Der Zwerg erwies auch Terence mehr Respekt, und Terence fragte sich, ob er sich vielleicht selber auch verändert habe.

Als die Oktobersonne eines Abends über der vor ihnen liegenden offenen Heide unterging, sahen sie etwas Seltsames. Eine Dame stand unsicher zwischen zwei sie umspringenden Gestalten. Auf ihrer einen Seite stand ein hoch gewachsener Ritter in funkelnder Rüstung, sein offenes Visier zeigte ein Gesicht von klassisch schönen Zügen, das von leuchtenden goldenen Locken umgeben war. Auf der anderen Seite der Frau stand ein Zwerg mit einer Warze auf der Wange und den schwarzen Haarstoppeln eines wilden Ebers. Der Ritter hatte sein Schwert gezückt und starrte den Zwerg wütend an, während der kleine Mann leichtfüßig um die Frau herumhüpfte und den anderen mit schriller Stimme verspottete. Gawain, Tor und Sir Marhault tauschten einen Blick und ritten dann auf die zerstrittene Gruppe zu.

»Du liebst sie doch gar nicht, du Riesen-Milchbubi«, quiekte der Zwerg. »Du weißt ja gar nicht, was Liebe ist!«

»Ich sage dir, ich liebe sie«, fauchte der Ritter durch zusammengebissene Zähne. »Ich lebe nur, um ihr zu Diensten zu sein. Und der erste Dienst, den ich ihr erweisen werde, ist, sie von einer stinkenden kleinen Mücke zu befreien.«

Der Zwerg kicherte höhnisch und rief: »Pa! Mehr willst du nicht? Als ihr zu dienen? Ist das der blöde Schwachsinn, den du Liebe nennst? Hu!« Er schnaubte lange und verachtungsvoll.

»Ekelhaftes kleines Vieh!«, schrie der Ritter.

Die Dame in der Mitte rang ganz einfach ihre Hände und machte ein verzweifeltes Gesicht. Sie schaute die sich nähernden Reiter entsetzt an und schien sich zu fragen, ob die sie auch noch quälen wollten. Der Zwerg blickte nur kurz zu den drei Rittern hoch und schnaubte, spitzte dann aber die Lippen und nickte.

»Also, Sir Ätzkerl, wollen wir mal sehen, ob wir unseren Streit friedlich schlichten können«, sagte der Zwerg. »Diese Ritter hier sollen den Fall entscheiden.«

Der Ritter verzog seinen hübschen Mund, als der Zwerg ihn so nannte, doch dann nickte er und wandte sich ebenfalls den Neuankömmlingen zu. »Ihr Herren Ritter«, rief er mit schmetternder Stimme, »ich bitte Euch um einen Gefallen. Würdet Ihr unseren Streit schlichten?«

Tor schaute Gawain an, aber Gawain schwieg. Sir Marhault sagte: »Wir werden tun, was wir können, Freund Ritter. Bringt Eure Sache vor.«

»Moment mal«, wandte der Zwerg ein. »Ehe wir weitermachen, verlange ich ein Versprechen. Sir Ätzkerl, wenn sie gegen Euch entscheiden, verzieht Ihr Euch dann endlich?«

Der Ritter blähte seine Nasenlöcher auf, würdigte den Zwerg aber keines Blickes. »Ich werde ihre Entscheidung akzeptieren«, sagte er.

»Ich verzieh mich auch, wenn es sein muss«, sagte der Zwerg großartig.

»Dann fange ich jetzt an«, sagte der Ritter. »Ich bin

Sir Edgar, auch der Schöne genannt. Meine Ländereien liegen in dieser Ebene, und meine Burg, die edelste Burg der Gegend, blickt auf den Fluss Sabrina. Ich lege dieser Frau mein Herz, mein Leben und meine Dienste zu Füßen. So liegt der Fall.«

»Und ich«, sagte der Zwerg, »bin Bigglesnog der Zwerg aus der Stadt Gloucester. Ich liebe die Dame Dulphina. So liegt der Fall.«

»Und was für ein Urteil erwartet Ihr von uns?«, fragte Sir Marhault.

»Ihr sollt entscheiden, welchen von uns die Dame nimmt, du Trottel«, sagte Bigglesnog.

Sir Marhault starrte den Zwerg kurz an, dann drehte er sein Pferd zu Tor und Gawain um. »So eine leichte Aufgabe ist mir noch nie gestellt worden«, sagte er.

»Ja, die Entscheidung liegt doch eigentlich auf der Hand«, stimmte Tor zu. »Ich habe nichts gegen Zwerge, aber ich habe noch nie gehört, dass einer eine Frau geheiratet hätte, die ... die keine Zwergin ist.« Er schaute seinen Knappen fragend an.

»Und das werdet Ihr auch nie, Sir«, fauchte Plogrun, »ich weiß, dass ihr Großen uns Zwerge meist für hässlich haltet, aber umgekehrt ist das auch nicht anders. Bei der Vorstellung, dass ein echter Zwerg sich mit so einer Frau einlassen könnte, gerinnt mir das Blut, jawohl! Ich bin gegen Ehen mit Wesen anderer Art, und das war immer schon meine Meinung! Wenn Ihr meinen Rat hören wollt, Sir, dann sage ich, gebt sie dem Ritter.«

»Tja, da bleibt uns wohl nichts anderes übrig«, meinte Tor. »Sie ist schön, er sieht gut aus. Sie ist elegant, er ist wohlhabend. Sie sind doch wie füreinander geschaffen.«

»Ich finde, das kann doch gar keine Frage sein«, sagte Sir Marhault nachdenklich. »Meister … äh … Bigglesnog, wie ist es möglich, dass Ihr diese Dame liebt?«

»Das geht dich ja wohl gar nichts an, du Schnüffler.«

Sir Marhault und Tor starrten erst den Zwerg und dann einander an.

»Ich hätte noch hinzufügen können, dass die Dame wohlerzogen ist und der Ritter höflich«, kommentierte Tor.

»Der Zwerg gibt sich einwandfrei alle Mühe, um uns unsere Aufgabe zu erleichtern«, stimmte Sir Marhault zu.

»Er ist ein schlechterzogenes Landei, Sir«, sagte Plogrun und musterte Bigglesnog angewidert.

Gawain räusperte sich und fragte: »Ich nehme doch an, dass es hier um das Glück der jungen Dame geht?« Sir Marhault und Tor nickten. »Werdet ihr deshalb die Sache mir überlassen?« Die beiden anderen Ritter musterten ihn leicht überrascht, nickten aber gleich darauf. Gawain ritt dichter an die Dame heran. »Lady Dulphina? Ich grüße Euch!«

»Guten … guten Tag, Herr Ritter«, stammelte sie und blickte Gawain dabei ängstlich an.

»Sicher ist es furchtbar unangenehm für Euch, dermaßen im Zentrum der Streitereien zu stehen«, sagte Gawain freundlich. Die Dame sah nicht mehr ganz so verängstigt aus und nickte heftig. »Darf ich Euch deshalb behilflich sein, Herrin?«, fragte er.

»Wärt Ihr dazu bereit?«, fragte sie zaghaft.

»Sicher«, erwiderte Gawain lächelnd. »Als Erstes, meine Dame, verspreche ich Euch, dass Ihr nicht gegen Euren Willen zu irgendeiner Heirat gezwungen werden sollt. Doch sagt, Herrin, liebt Ihr einen von Euren Verehrern?«

»Oh ja, Sir«, sagte sie.

»Dann geht zu dem, den Ihr liebt, und ihn werdet Ihr heiraten.«

Ihre Augen leuchteten auf und sie rief: »Oh, danke, Sir!« Ohne zu zögern drehte sie sich zu dem Zwerg um und nahm ihn auf den Arm. Die beiden umarmten einander hingebungsvoll. Sir Edgar war außer sich vor Empörung, Sir Marhault, Tor und Plogrun staunten nur noch. Gawain grinste und zwinkerte Terence zu.

»Aber bei allem, was heilig ist, Gawain«, rief Tor. »Woher wusstest du …«

»Ich hatte keine Ahnung, aber ich hielt es für meine Pflicht, die Interessen der Dame zu schützen.« Ein leichtes Lächeln kräuselte seine Lippen, als er sich zu dem seltsamen Paar umdrehte und sagte: »Und nun fort mit Euch.« Glücklich lächelnd stiegen die Dame und der Zwerg auf ihre Pferde und waren alsbald verschwunden.

Sir Edgar schnaubte wütend und drohte Gawain mit seinem Schwert, doch Gawain ignorierte ihn. Er tippte Guingalet mit der Ferse leicht an, ritt los und überließ den kochenden Ritter Tor und Sir Marhault. Terence trieb sein Pferd an, um seinen Herrn einzuholen. Gawain machte noch immer ein trauriges Gesicht, aber jetzt war ein neues Leuchten in seinen Augen.

»Milord?«

»Ja, Terence?«

»Hat das geholfen?«

Gawain hatte ihn genau verstanden. »Ja, Knabe. So lange ich die Bürde des Ritters der Jungfrauen trage, ist sie nicht so weit entfernt, wie ich geglaubt habe.«

An diesem Abend schlugen sie bei einem hellen Weiher unter einem kleinen Wasserfall ihr Lager auf. Nach dem Essen setzten sich die Ritter zum Plaudern ans Feuer. Plogrun lehnte sich gegen einen Baum, rauchte seine Pfeife und hörte dem Gespräch zu, Terence dagegen fühlte sich seltsam unruhig. Nach einigen Minuten schlüpfte er in den Wald. Es war fast Vollmond und in seinem sanften weißen Licht wirkten noch die düstersten Schatten fröhlich und tröstlich. Terence spürte, wie die Unruhe ihn verließ. Mit zufriedenem Lächeln setzte er sich neben einem Wasserfall auf einen Felsen und sah zu, wie das Wasser sich überschlug und dann gurgelnd verschwand.

»Friedlich, was?«, fragte eine freundliche Stimme. Terence konnte einen Schatten ahnen, der sich auf seiner linken Seite bewegte, drehte sich aber nicht um.

Er kannte Robins Stimme inzwischen. »Nichts ist so friedlich wie das Wasser«, sagte Robin jetzt, »nichts ist so stark wie der Ozean, nichts so freundlich wie ein Bach, nichts so aufregend wie eine Quelle. Jetzt, wo du in der anderen Welt gewesen bist, weißt du das auch, nicht wahr?«

Terence zögerte kurz und sagte dann: »Wir haben das Wasser durchquert, um dorthin zu gelangen. Jene Welt wird mir fehlen.«

»Ja, du weißt sehr gut, dass du und dein Herr in dieser Welt nicht ganz zu Hause seid, jedenfalls nicht mehr so wie früher, nicht wahr?« Terence nickte langsam. »Und dieses Gefühl wird sich noch verstärken«, sagte Robin. »Bald werdet ihr euch dabei ertappen, wie ihr in die Augen der anderen seht, um festzustellen, ob sie auch dort waren. Und wenn du jemanden findest, der dort gewesen ist, wirst du ihn wie einen lange vermissten Freund begrüßen und in dein Herz schließen.«

Terence wusste, dass der Elf Recht hatte. So sehr er Menschen wie Tor auch bewunderte und mochte, er fühlte sich diesem fremden Kobold doch näher, ganz einfach, weil Robin *dort* gewesen war. »Aber Robin«, sagte er, »nicht alle aus der anderen Welt sind … freundlich.«

»Das stimmt, mein Freund. Es gibt auch andere. Und deshalb bin ich gekommen. Ich soll dir sagen, dass du auf der Hut sein musst.« Gleich darauf wusste Terence, dass Robin verschwunden war.

Die Blätter hinter ihm raschelten und Gawain kam zum Vorschein. »Hier bist du«, sagte er einfach.

»Hallo, Milord«, sagte Terence. Gawain trat neben Terences Felsen und betrachtete den Wasserfall. Dann legte er Terence ein wenig unbeholfen seine schwere Hand auf die Schulter. »Sind die anderen schon schlafen gegangen, Milord?«, fragte Terence.

Gawain schüttelte den Kopf. »Ich konnte es einfach nicht mehr aushalten, Junge. Schwerter und Pferde und Lanzen und Turniere. Früher hätte auch ich bis zum Morgengrauen darüber geredet, aber jetzt ...« Er beendet den Satz nicht. Zusammen betrachteten sie das Wasser. Die Schatten änderten sich, als der Mond aufging, das Wasser jedoch war dasselbe.

»Wir sollten zurückgehen, Milord, sonst machen sie sich noch Sorgen«, sagte Terence schließlich.

»Das tun sie ohnehin schon, Junge.«

»Ich weiß, aber wir müssen es ja nicht noch schlimmer machen.«

Gawain nickte. Er packte Terences Schulter fester, dann ließ er sie los und wandte sich ab. Terence rutschte von seinem Felsen und lief hinter seinem Herrn her.

»Sir Gawain«, flüsterte eine Stimme. Beide fuhren herum. Auf einem Felsen unter dem wirbelnden Wasser saß Nimue, umflossen von ihren langen schwarzen Haaren. Neben dem Felsen, auf dem Terence eben noch gesessen hatte, steckte ein zitterndes, funkelndes Schwert im Boden. Es war lang und glatt und sah kalt aus, und sein schwarzer Griff war düster und unverziert. Nimue lächelte freundlich und sagte mit einer Stimme, die durch das Rauschen des Wasserfalls kaum zu hören war: »Es gehört Euch, Herr. Es ist das Schwert Galatine.«

»Warum?«, flüsterte Gawain.

»Es ist alles, was ich dem Geliebten meiner Herrin schenken kann«, sagte Nimue. Der Wasserfall umfing sie mit seiner Gischt und sie schien mit dem Wasser zu verschmelzen. Gawain zog sein altes Schwert aus der Scheide und warf es in den Bach; dann zog er das Schwert Galatine sauber aus der Erde. Er schob es in die Scheide, und dann kehrten er und Terence ins Lager zurück, ohne sich auch nur einmal umzusehen.

Die Zauberin

Große Abenteuer reisen schneller als die dazugehörigen Helden, und als die drei Ritter und die beiden Knappen endlich den Hügel vor Camelot hinaufritten, hatte sich schon eine ganze Schar von Höflingen, Damen und Troubadouren versammelt, um sie willkommen zu heißen. Im Burghof saßen König Artus und Königin Ginevra in einem kleinen Pavillon. Der König erhob sich und streckte glücklich die Hände aus.

»Sir Tor! Sir Gawain! Willkommen zu Hause in Camelot!«, rief er. »Seit Eurem Aufbruch haben wir immer wieder über Eure Taten gehört. Ihr habt meinem Hof große Ehre gemacht.«

Tor wurde tiefrot. Die fünf Reisenden stiegen aus dem Sattel und fielen vor König Artus auf die Knie. Gawain sagte: »Wenn das so ist, dann sind wir sehr zufrieden, Majestät.«

»Erhebt euch! Erhebt euch!«, bat Artus, »ich möchte den Rest Eurer Geschichten hören und diesen edlen Ritter kennen lernen, der Euch begleitet hat.«

»Das ist Sir Marhault aus Cornwall, Majestät«, sagte Gawain und stand auf. »Er ist ein gewandter und überaus barmherziger Ritter.«

»Er sei mir willkommen«, sagte der König. »Ihr habt

uns ja einen seltsamen Boten nach dem anderen geschickt«, fügte er lachend hinzu, »mit toten Tieren, lebenden Tieren, an verzauberten Seilen befestigten Köpfen und was weiß ich nicht alles. Wir werden in der großen Halle feiern, in der Euer Ritterzug begonnen hat, und Ihr werdet uns von Euren Abenteuern berichten.«

Weitere Begrüßungen, Reden und Komplimente folgten, ehe sich Gawain und Terence dann endlich in Gawains Gemächer zurückziehen und die Tür hinter sich schließen konnten. Die Zimmer waren staubig und kalt, doch nachdem Terence im Kamin Feuer gemacht hatte, konnten sie es sich in zwei Sesseln bequem machen und sich entspannen.

»Eigentlich ist das hier nicht mehr unser Zuhause«, sagte Gawain, »aber immerhin sind wir hier vor der Meute sicher.«

Terence nickte und die beiden Freunde verbrachten eine halbe Stunde in behaglichem Schweigen, während ihre Gedanken in einer anderen Welt lebten. Dann wurde zweimal energisch an die Tür geklopft, und Sir Keie betrat das Zimmer.

»Gawain«, sagte Sir Keie. Er runzelte leicht die Stirn, als er Terence sah, und Terence fiel ein, dass Knappen am Hof niemals in Anwesenheit ihrer Herren sitzen. Sofort sprang er auf und nahm seine Position hinter Gawains Sessel ein.

»Komm herein, Keie«, sagte Gawain. »Setz dich ein bisschen zu uns … zu mir, meine ich.«

Sir Keie nickte kurz und ging zu dem Sessel, den Terence freigemacht hatte. Wieder warf er Terence einen Blick zu. »Ich wusste nicht, dass dein Waldläufer hier ist«, sagte er schließlich.

Gawain lächelte höflich und fragte: »Ach nein?«

Sir Keie runzelte die Stirn. »Vertraust du ihm?«

»Ich vertraue ihm sogar mein Leben an. Und habe das mehr als einmal getan.«

»Kannst du dich aber auch darauf verlassen, dass er den Mund hält?«

Gawain schaute Terence mit lachenden Augen an. Terence grinste und schlug die Augen nieder. »Ja«, sagte Gawain einfach.

Sir Keie hatte den Blickwechsel nicht übersehen. »Ach, ich sehe schon«, sagte er, »ihr habt schon eure Geheimnisse. Na, von mir aus.« Er holte Atem. »Ich freue mich über deine Rückkehr, Gawain. Artus braucht dich.« Gawain schwieg. »Und er hat Vertrauen zu dir. Er braucht mehr Menschen, denen er vertrauen kann.«

»Gibt es davon so wenige?«

Keie runzelte die Stirn und sagte dann: »Weniger als wenige. Ich will ja nicht behaupten, dass er von Verrätern umgeben ist. Aber Narren sind schlimm genug.«

»Er hat dich und Merlin. Das müsste doch …«

Sir Keie fiel ihm ins Wort. »Merlin ist nicht mehr hier.«

Terences Kopf fuhr hoch. »Merlin ist schon fort?«, rief er ohne nachzudenken.

Gawain und Sir Keie starrten Terence an. »Hast du gewusst, dass er Camelot verlassen würde, Knabe?«, fragte Gawain.

»Ich … ich glaube, er hat es einmal erwähnt, Milord«, sagte Terence hilflos.

Gawain kniff misstrauisch die Augen zusammen, Sir Keie dagegen grunzte. »Ja, das kann schon sein. Artus sagt, dass er schon seit einiger Zeit gewusst hat, dass es so kommen würde, aber es war trotzdem ein Schlag.«

»Wohin ist Merlin denn gegangen?«

»Das weiß ich nicht. Er hat einfach eines Tages angekündigt, dass er hier fertig sei und sich jetzt Ruhe gönnen werde. Er ging durch das Burgtor und begegnete einer Dame – einer schönen Fee, wenn ich nicht völlig daneben liege – auf einem weißen Pferd. Und dann sind sie zusammen weggeritten.«

»Eine Dame auf einem weißen Pferd?«

»So etwas habe ich noch nie gesehen. Lange schwarze Haare, weiße Gewänder, grüner Gürtel. Die Hälfte aller Narren hier am Hof ist hinter ihnen hergeritten, um ihren Namen in Erfahrung zu bringen.«

»Und ist ihnen das gelungen?«

»Nein. Sie sind ihr nach Norden bis zur Seenplatte gefolgt und haben dann ihre Spur verloren.«

»Ja, das kann ich mir vorstellen«, sagte Gawain.

»Kennt Ihr sie?«

»Ich glaube, es war die Dame vom See«, sagte Gawain und wechselte wieder einen Blick mit Terence. Terence nickte. Nimue hatte Merlin also nach Hause geholt. Genau wie Ganscotter gesagt hatte: die Feen vergaßen nie, wer zu ihnen gehörte.

»Hmmm. Das meint Artus auch«, sagte Sir Keie. »Artus sagt, er freut sich für Merlin, vermisst ihn aber ganz schrecklich. Er fühlt sich einsam.«

»Einsam? Aber er hat doch gerade erst geheiratet«, sagte Gawain sanft.

Sir Keie verzog den Mund. »Ach, Ginevra. Die wird Artus keine Hilfe sein. Im Hochzeitskleid hat sie sich ja recht gut gemacht, und ich muss zugeben, dass sie Artus liebt, aber sie scheint fast Angst vor ihm zu haben. Und auf diese Weise wird sie ihm niemals helfen können.«

»Es ist sicher schwer, mit einem König verheiratet zu sein«, meinte Gawain.

»Nicht so schwer, wie ein König ohne Freund oder Berater zu sein«, entgegnete Sir Keie wütend.

»Er hat dich«, erinnerte Gawain.

»Ich bin kein Merlin. Artus spürt jetzt immer mehr die Bürde seiner Herrschaft. Und das verändert ihn. Er wird jetzt sehr schnell müde.«

»Artus müde?«, fragte Gawain überrascht, »so habe ich ihn noch nie erlebt. Als er uns begrüßt hat, kam er mir doch vor wie immer.«

»Da schon«, knurrte Sir Keie. Er stand auf, um sich zu verabschieden. »So gut hat es ihm getan, dich wieder zu sehen.« An der Tür blieb er stehen und schien noch etwas sagen zu wollen, aber dann runzelte er doch nur die Stirn. »Wie gesagt. Es freut mich, dass du wieder hier bist«, murmelte er und war verschwunden.

Später an diesem Abend stand Terence in der Bankethalle hinter Gawains Stuhl oben am Tisch, neben dem König, und hörte zu, wie Gawain ihre Abenteuer erzählte. Gawain schilderte das alles nun zum dritten Mal, aber die Geschichte war jedes Mal eine andere. Während Gawain Ganscotter alles erzählt hatte, das aber schlicht und ohne Ausschmückungen, und während er Tor und Sir Marhault eine kurze und sehr sorgfältig ausgewählte Zusammenfassung geliefert hatte, hüllte er seinen Bericht jetzt in blumenreiche höfische Floskeln, füllte ihn mit farbenfrohen Beschreibungen von Rüstungen und Kostümen und bezeichnete Ritter oft als »tapfere Degen«, »edle fahrende Ritter« oder »niederträchtige Abtrünnige«. Aus Gawains Mund hörte sich das alles sehr fremd an, aber er ließ sogar ziemlich kurze und eintönige Ereignisse wie aufregende und edelmütige Abenteuer wirken. Als Gawain erzählte, wie er Ablamors Frau getötet hatte, machten Königin Ginevra und einige andere Damen entsetzte Gesichter. Gawain selber sah ebenfalls düster aus und Artus schloss für einen Moment die Augen und schien Gawains Schmerz zu teilen.

Gawain erzählte natürlich nicht alles. Wie Terence erwartet hatte, fehlte Nimue in der Geschichte von Pelleas und Ettard, und obwohl er erwähnte, dass er die Feenburg eines großen Zauberers betreten hatte, erwähnte er weder Ganscotters Namen noch die Tatsache, dass dieser Zauberer eine Tochter hatte. Bürden, die einem in der anderen Welt auferlegt worden sind, eignen sich nicht für die höfische Unterhaltung eines einziges Abends.

Der König schloss die Augen wieder, diesmal länger, und Terence fing an, Artus genauer zu beobachten. Zu Beginn des Banketts war der König ihm so stark erschienen wie sonst, doch im Laufe des Abends wurde er immer stiller. Als Gawain seinen Bericht beendet hatte, hob der König die Hand und sagte: »Sir Gawain, Ihr erzählt eine Geschichte voller Ruhm, aber auch voller Trauer. Ich danke Euch für diesen Bericht. Und jetzt«, fügte er hinzu, »wird Sir Marhault uns seine Abenteuer schildern.« Artus winkte Sir Marhault einladend zu und stieß dabei einen Becher um, dessen Wein sich über den Tisch und über Königin Ginevras Kleid ergoss. Der König hob den Becher unsicher wieder auf, entschuldigte sich bei seiner Gemahlin und Terence wusste plötzlich, wie Artus als alter Mann aussehen würde. Jetzt war er sicher, dass etwas nicht stimmte.

Ginevra lächelte Artus aufmunternd zu, doch in ihren Augen lag Besorgnis. Um die peinliche Unterbrechung der Unterhaltung zu überspielen, fing Sir Marhault an zu erzählen, aber Terence dachte fieberhaft nach und hörte überhaupt nicht zu. Ihm waren Ganscotters Worte über die Zauberin wieder eingefallen –

»Zuerst muss sie die Könige und Fürsten dieser Welt aus dem Weg schaffen« –, und er dachte an die Frau im Nebel, die vorhatte, nach Merlins Verschwinden aktiv zu werden. Terence trat von einem Fuß auf den anderen, er wünschte sich weit weg, wenn er auch nicht wusste, wohin. Dann senkte der König still und leise den Kopf und brach ohnmächtig über dem Tisch zusammen.

Ritter und Dienstboten eilten herbei, um ihm zu helfen, und Terence wich zur Tür zurück. Er wartete nur, bis jemand gesagt hatte, dass Artus am Leben sei, dann machte er kehrt und rannte davon. Er sprang die Treppe zum großen Hof hinunter und stürzte zu den Ställen. Dort stand Guingalet in einer Ecke in einer breiten Box und musterte ihn misstrauisch. Terence zögerte keinen Moment, er warf eine Decke über Guingalets Rücken und zog sie gerade. Der Rappe bäumte sich auf und schlug aus, doch Terence konnte seinen Hufen ausweichen und Gawains Sattel auf Guingalets Rücken legen. Es dauerte einige Zeit, den Sattel festzuzurren, denn Terence musste Zähnen und Hufen des Tieres ausweichen, doch endlich hatte er es geschafft. Er griff gerade nach dem Zügel, als Gawains Stimme rief: »Terence!«

Gawain stand in der geöffneten Stalltür. Er trug noch immer seine Festkleidung, hielt jedoch das Schwert Galatine in der Hand. »Ich muss los, Milord«, keuchte Terence und versuchte den Zügel über Guingalets widerspenstigen Kopf zu streifen. »Und vielleicht ist es ein weiter Weg. Mein eigenes Pferd ist ihm möglicherweise nicht gewachsen.«

Gawain trat vor und riss Terence den Zügel aus der Hand. »Wohin, Knabe?«

Terence schüttelte den Kopf. »Ich werde es erst wissen, wenn ich es sehe.«

»Geht es um den König?«, fragte Gawain. Terence nickte und Gawain packte den Kopf der Pferdes und streifte ihm den Zügel über. »Ich komme mit dir. Guingalet kann uns beide tragen.«

»Bitte, tut das nicht«, sagte Terence. »Ich … ich finde vielleicht etwas, das Euch nicht zusagt.« Terence brachte es nicht über sich, Gawain von der Zauberin oder gar von dem Verdacht zu erzählen, den er gegen sie hegte.

»Davon gehe ich aus«, sagte Gawain. »Aber ich komme trotzdem mit dir. Oder was wirst du machen, wenn Guingalet dich abwirft?«

»Milord, bitte …«

»Nein, Terence. Ich weiß, dass das deine Aufgabe ist und dass sie meine Fähigkeiten überschreitet. Doch nimm mich als deinen Begleiter mit. Wenn wir unser Ziel erreicht haben, werde ich alles tun, was du mir sagst. Das verspreche ich.«

Es blieb keine Zeit für weitere Auseinandersetzungen und im Grunde freute sich Terence über Gawains Begleitung, und deshalb stiegen sie gemeinsam auf Guingalet. Terence setzte sich vor Gawain, er saß fast auf dem schwarzen Pferdehals, und Gawain hielt die

Zügel. »Durch die Tore, Milord«, sagte Terence. »Und dann nach Norden, glaube ich.« Gawain ließ Guingalet im Trab loslaufen, aber Terence schüttelte den Kopf. »Nein, Sir. Galopp.«

»Dann ist er bald erschöpft«, warnte Gawain.

»Das weiß ich, aber wir können unser Ziel nur erreichen, wenn wir uns wirklich beeilen. Gestreckter Galopp, Milord.«

Gawain gab dem Pferd die Sporen. Terence flocht seine Finger in Guingalets dichte Mähne und hielt sich fest. Vor ihnen ragte der riesige schwarze Wald auf und bald hatten sie die ersten Bäume erreicht. Dünne, blattlose Zweige wippten auf und ab und zerschnitten Terences Gesicht, und Gawain schrie: »Das ist doch Wahnsinn, Terence«, doch er trieb Guingalet immer weiter an. In Terences Brust machte sich ein ekelhaftes Gefühl breit, ein Gefühl so widerlich wie fauliger, modriger Gestank, und er steuerte den Ursprung dieses Gefühls an. »Nach links, Milord. Einen Hauch weiter nach links. Noch ein Stück. So! Und jetzt geradeaus und schneller!«

Die Schatten umsprangen und umtanzten sie, als sie über Wiesen jagten und durch Gestrüpp brachen. Terences Herz hämmerte im Takt von Guingalets donnernden Hufen. Der Himmel war von schweren Wolken bedeckt, doch hier und da zerrissen die Wolken und ließen ein kaltes Mondlicht durch, das die Bäume versilberte und schärfere Schatten in ihre Stämme ätzte. Ein vom Mondlicht übergossenes Wäldchen, das von schwarzen Schatten gefleckt war, sah für Terence aus wie das Gesicht des freundlichen Boten Robin, aber diesmal lagen für ihn weder Bosheit noch Belustigung darin. Ein paar Hufschläge und einen Herzschlag, dann waren sie vorüber.

Die Zeit verging wie im Traum, manchmal war eine Stunde in einer Sekunde verflogen, dann wieder dauerte ein einziger Schritt eine ganze Ewigkeit. »Wie weit noch?«, rief Gawain.

»Ich weiß nicht«, rief Terence zurück, »auf diesen Hügel … nein! Diesen Hügel da! Den mit dem baumlosen Gipfel!« Vor ihnen erhob sich eine kleine Kette von runden Hügeln, die meisten von Bäumen bewachsen, aber in der Mitte ragte ein kahler Hügelkamm über die anderen hinaus. »Das Gefühl kommt von dort, glaube ich.«

Gawain fragte nicht nach diesem »Gefühl«, das Terence erwähnt hatte. Er korrigierte nur ihren Kurs und trieb Guingalet zu einem letzten Spurt den Hügel hinauf an, indem er dem Eachuisge in einer Sprache vorsang, die Terence nicht verstehen konnte. Guingalet keuchte verzweifelt, wurde aber nicht langsamer, und bald konnte Terence den Hügelkamm sehen, auf dem an der höchstgelegenen Stelle ein Feuer funkelte.

Eine Minute – oder eine Stunde – darauf brachen sie aus dem Wald auf die weite Lichtung oben auf dem Hügel. Terence sprang von Guingalets Rücken, um zwischen Gawain und den Anblick zu treten, der sich ihren Augen darbot. Vor ihm befand sich eine runde

Zisterne, die mit grob behauenen Steinen ausgelegt und mit Wasser gefüllt war. Neben der Zisterne hing über einem Feuer ein schwarzer Kessel, und neben dem Kessel kniete die Frau, die Terence im Tümpel und im nächtlichen Nebel gesehen hatte. Neben der Frau stand noch immer stumm der Ritter, der sie begleitet hatte. Die Frau sprang auf die Füße, als Terence und Gawain auftauchten, und starrte zuerst den noch immer im Sattel sitzenden Gawain an.

»Gawain«, hauchte sie.

Terences bange Ahnungen wurden jetzt bestätigt und er hörte Gawain flüstern: »Mutter!« Dann trat der stumme Ritter ins Licht des Feuers und Gawain schluckte krampfhaft. »Vater«, keuchte er. »Aber ich habe dich doch selbst begraben!«

Der Ritter gab keine Antwort und Gawains Mutter wandte sich Terence zu. Ihre Augen blitzten auf, als sie ihn erkannte, und sie zischte: »Du! Wer bist du? Ich glaubte, alle großen Zauberer zu kennen, aber wer bist du?«

Terence gab keine Antwort, und schließlich sagte Gawain: »Das ist mein Knappe, Mutter.«

Morgause achtete nicht auf ihren Sohn. »Ich muss es wissen«, schrie sie, »wer bist du?« Sie kreischte jetzt fast.

»Ich bin ein Diener«, erwiderte Terence. »Mehr nicht. Ich diene Eurem Sohn und ich diene König Artus.«

Der lodernde Hass in ihren Augen schien das Feuer

noch zu überstrahlen. Morgause fauchte über ihre Schulter hinweg dem stummen Ritter zu: »Töte ihn!«

Der Ritter zog sein langes Schwert und kam um die Zisterne herum auf Terence zu. Terence hörte, wie Gawain hinter ihm aus dem Sattel stieg, aber er schaute sich nicht um und bewegte sich auch nicht. »Milord?«, fragte Terence leise.

»Das ist mein Vater, Junge. Diese Rüstung kenne ich so gut wie meine eigene.«

»Ich brauche Eure Hilfe«, sagte Terence.

Der stumme Ritter blieb vor Terence stehen und hob das Schwert über seinen Kopf. Terence wandte sich von ihm ab und schaute in Morgauses boshafte Augen. Er konnte ein schlichtes Schwert angesichts der viel schrecklicheren, viel entsetzlicheren Macht dieser Frau nicht fürchten. Er ahnte eher, als dass er sah, dass der Ritter ausholte, und dann wurde die nächtliche Ruhe von einem grauenhaften Lärm zerrissen, als Gawain dazwischentrat und den Hieb mit dem Schwert Galatine auffing. Terence ging auf Morgause zu, er konnte kaum atmen, als hinter ihm weiterhin die stählernen Waffen klirrten.

»Wie heißt du?«, flüsterte Morgause heftig und fast verzweifelt. »Du bist kein einfacher Zauberer.«

»Ich bin ein Knappe«, sagte Terence. Er konnte kaum sprechen.

»Hältst du mich für eine Närrin?«, schrie Morgause, »ich habe mich vor meiner eigenen Schwester Morgane verstecken können, vor Merlin, vor dem ganzen verfluchten Hof der Seelie. Nur du hast meine Vorbereitungen gesehen. Nur du hast meine Pläne gehört. Bist du Merlins Schüler?« Terence schüttelte den Kopf und ging noch weiter auf sie zu. Ihre Wut steigerte ich. »Weißt du, wer ich bin?«

»Ihr seid Gawains Mutter, Morgause«, sagte Terence.

»Mehr weißt du nicht?« Sie lachte. »Hast du nie von *der* Zauberin gehört?«

Terence nickte. »Ganscotter hat mir von ihr erzählt«, brachte er mühsam heraus.

Als sie diesen Namen hörte, riss Morgause die Augen auf und ihre Wut musste für einen Moment der Angst weichen. Hinter sich hörte Terence Gawain knurren, als dieser einen Schlag nach dem anderen abwehrte. »Dann hat er dir gesagt, wer ich bin?«, fragte Morgause.

Endlich konnte Terence sprechen und der Klumpen in seiner Kehle löste sich auf. »Nein. Wie könnte er? Wie könntet Ihr *die* Zauberin sein? Seht Euch doch nur Euren kleinen blubbernden Topf an. Ihr seid nur eine schnöde Hexe!«

Morgause schrie in unbeschreiblicher Wut auf und Schaumfetzen traten ihr vor den Mund. »Möchtest du meinen kleinen Topf vielleicht einmal sehen?«, kreischte sie. Sie warf eine Handvoll Staub in den Kessel und die Luft füllte sich mit dickem, gelbgrünem Rauch. Terence würgte und ihm wurde schlecht, und hinter sich hörte er Gawain in der Wolke röcheln. Mit tränenden Augen wich Terence zurück und suchte eine Stelle, von der aus er wieder sehen könnte. Morgause lachte schrill, aber Terence konnte sie nicht mehr erkennen. Das Klappern der Schwerter verstummte und nur ab und zu war von den Kämpfenden noch ein Dröhnen zu vernehmen.

»Milord!«, brüllte Terence voller Entsetzen. Doch es kam keine Antwort.

Endlich dünnte der Rauch aus und Terence konnte den stummen Ritter erkennen, dessen gewaltige Gestalt sich vor dem Nachthimmel abzeichnete. Er hielt Gawain mit einer Hand hoch in die Luft. Beide Ritter hatten noch immer ihre Schwerter in der Hand, doch Gawains hing kraftlos nach unten. Sein Gesicht war vor Erschöpfung, Schmerz und giftigem Rauch aschgrau geworden. Der Ritter trat an den Rand der Zisterne und hielt Gawain über das schwarze Wasser. Von der anderen Seite der Zisterne war Morgauses raue Stimme zu hören: »Wirf ihn hinein und lass ihn sterben!«

Gawain hob noch einmal das Schwert Galatine, um vor seinem Tod den letzten nutzlosen Streich zu tun, und in diesem Moment lugte die Sonne über den Rand des westlichen Waldes. Ein Sonnenstrahl berührte Galatines Spitze und ließ einen Regenbogen aus Lichtfunken über die Lichtung fallen. Vor Terences verblüfften Augen wurde Gawain immer stärker. Ein neues Licht leuchtete in seinen Augen, und fast schien er zu wachsen. Er packte sein Schwert fester und schlug mit all seiner frisch gewonnenen Kraft auf den stummen Ritter ein. Galatine durchschnitt die solide Stahlrüstung von der linken Schulter bis zur rechten Seite und die Rüstung brach unter Gawain in sich zusammen. Sie war leer.

Auf der anderen Seite der Zisterne stand Morgause unbeweglich da. Terence sprang zu dem noch immer blubbernden Kessel und stieß ihn um. Seine rechte Hand wurde von dem heißen Eisen verbrannt, doch er schob und stieß weiter, bis der Kessel seinen gesamten Inhalt ins stille Wasser abgegeben hatte. Morgause schrie wie im Todeskampf und sprang vor, um den Kessel zu retten, doch sie kam zu spät, stürzte selber in die Zisterne und war sogleich unter der Wasseroberfläche verschwunden.

Für einen Moment war dort alles still. Dann fing das Wasser an zu brodeln und zu sieden, und aus der Mitte der Zisterne erhob sich eine Fontäne aus schäumendem klaren Wasser. Die Gischt der Fontäne klärte die Luft, vertrieb den beißenden gelben Qualm und erhob sich zu den hellen Strahlen der aufgehenden Sonne. Die Zisterne füllte sich bis zum Rand mit Wasser, das sodann über die groben Steine hinwegspülte. Ein Stein nach dem anderen lockerte sich und fiel in den immer größer werdenden Tümpel, und das reißende Wasser schuf sich einen Ausweg und floss den Hügel hinunter. Von Morgause war nichts mehr zu sehen.

»Milord«, rief Terence und stolperte zu seinem

Herrn hinüber. Gawain atmete, war jedoch ohnmächtig. Terence zog ihn von den immer wilder wirbelnden Wassermengen fort und sah dann zu, wie das Wasser die zerschlagene leere Rüstung überflutete, gegen die Gawain gekämpft hatte.

»Das war nicht wirklich sein Vater, weißt du«, sagte auf einmal eine vertraute Stimme.

»Hallo, Robin«, erwiderte Terence und sein Gesicht hellte sich auf. »Das hatte ich mir fast schon gedacht. Aber danke trotzdem.«

»Ach, was du jetzt alles weißt. Wahrscheinlich brauchst du mich gar nicht mehr. Also werde ich mich wohl besser verziehen«, grummelte Robin beleidigt.

»Als ob ich dich so leicht loswerden könnte«, Terence grinste, »warst du das heute Nacht?«

»Ich war die ganze Zeit bei euch. Du bist ein wilder Reiter, junger Herr.« Robin zeigte auf Terences Hand. »Und diese Blasen brauchen eine gute Salbe.«

Während der nächsten Minuten versah Robin Terences zerschrammte und geschwollene Handfläche mit Salbe und Verband. Danach fragte Terence: »Und was ist aus Morgause geworden? Ist sie tot?«

»Das weiß ich nicht. Aber ihr Zauber ist gebrochen. Artus geht es von Minute zu Minute besser.« Plötzlich kicherte Robin los. »›Schnöde Hexe‹, meine Güte. Das hat sie wirklich umgehauen. Du kannst ganz schön gemein sein, junger Herr.«

»Jetzt hast du mich schon zweimal ›junger Herr‹ genannt. Was soll das eigentlich?«

Robin lächelte. »Du hast mich einmal gebeten, dir Bescheid zu sagen, wenn ich jemals in Erfahrung bringen könnte, wer du bist. Jetzt weiß ich es.« Terence erstarrte, und die beiden Freunde sahen sich lange an. »Dein Vater hat es mir gesagt«, fügte Robin hinzu.

»Wer ist mein Vater?«, flüsterte Terence.

»Hast du das nicht erraten?«

Terence schüttelte den Kopf und Robin sagte: »Kein anderer als Ganscotter.« Und dann fiel Robin vor Terence auf die Knie. »Junger Herr, ich soll Euch zum Hof Eures Vaters holen. Ihr habt Eure Sache gut gemacht. Er sagt, dass Ihr jetzt endlich in Eurer eigenen Welt leben dürft.«

Terence wurde von ungeheurer Freude erfüllt, zeigte dann aber auf seinen bewusstlosen Herrn. »Und Gawain?« Robin schüttelte den Kopf und Terence sagte sofort: »Dann bleibe ich hier.«

Robin erhob sich grinsend. »Davon ist Ganscotter ausgegangen. Er hat auch gesagt, dass ich dich ab und zu besuchen darf, wenn dir das recht ist, meine ich.«

»Ach, als ob du danach fragen würdest«, erwiderte Terence, nickte dann aber.

»Und jetzt«, sagte Robin, »jetzt müsst ihr den Weg zurück nach Camelot finden. Darf ich? Ich kann euch – und euer Pferd auch – im Handumdrehen nach Hause schaffen.« Mit einem Zwinkern und einer Handbewegung war Robin verschwunden. Gleich darauf schien die leuchtende Fontäne oben auf dem Hügel in sich zusammenzufallen, und Terence fand sich und Gawain in

Gawains Gemächern auf Camelot. Er war nass und unbeschreiblich müde, aber er packte den noch immer bewusstlosen Gawain ins Bett und ging dann sogar noch in den Stall hinunter, um den erschöpften und verwirrten Guingalet abzurubbeln, ehe er selber umkippte.

Gawain verschlief fast den ganzen Tag, Terence dagegen wurde nach einigen Stunden von seiner verletzten Hand geweckt. Er stand auf und wechselte den Verband. Dann ging er in die Küche und hörte zu, wie die Mägde dort über die wundersame Heilung des Königs plapperten. Als Gawain sich endlich bewegte, hatte Terence im Kamin ein Feuer gemacht und eine einfache Mahlzeit aufgetischt. Gawain schaute sich nachdenklich im Zimmer um.

»Entweder hatte ich einen überaus seltsamen Traum, Knabe«, sagte er, »oder du schuldest mir allerhand Erklärungen.«

Terences Augen funkelten. »Habt Ihr denn vom Teufel geträumt? Soll ich Euch vor ihm beschützen?«

»Meine Güte, ich glaube, das würdest du schaffen! Also, was ist passiert?« Plötzlich setzte sich Gawain auf und sagte: »Artus!«

»Dem geht es gut, Milord«, versicherte Terence, »der Zauber ist gebrochen.«

Gawain entspannte sich und sagte dann eine Minute später: »War das die ganze Zeit meine Mutter?«

»Ja.«

»Wie lange wusstest du schon von diesem Zauber?«

»Das habe ich auf unserer Reise erfahren. Aber ich weiß erst seit gestern Nacht sicher, dass es Eure Mutter war.«

»Und der Ritter, gegen den ich gekämpft habe?«

»Noch ein Zauber. Nur die leere Rüstung Eures Vaters.«

Gawain schloss die Augen und seufzte. Dann fragte er: »Wo ist meine Mutter?«

»Das weiß ich nicht, Milord. Ihr Zauber wurde gebrochen, als ich ihren Kessel ins Wasser gekippt habe. Sie ist ebenfalls hineingefallen und ganz einfach verschwunden.« Terence erzählte Gawain, wie der tote schwarze Tümpel sich in eine sprudelnde, frische Fontäne und in einen Bach verwandelt hatte. »Und das Wichtigste war doch, dass ihr Zauber gebrochen wurde«, schloss er dann.

Gawain nickte zu Terences Verband hinüber. »Vom Kessel?«

Terence zuckte mit den Schultern. »Ich spüre es kaum noch.«

»Natürlich«, Gawain nickte überzeugt. »Und wie sind wir nach Hause gekommen? Aber egal. Du weißt es, aber wahrscheinlich könntest du es mir doch nicht erklären. Schließlich besitze ich nur einen Spritzer Feenblut. Du dagegen … weißt du eigentlich, wie viel Feenblut du hast?«

»Genau die Hälfte, Milord. Von meinem Vater.« Terence wandte sich der Mahlzeit zu, die er vorbereitet hatte. »Wollen wir essen?«

Gawain nickte, doch ehe er sich zu Terence vor den Kamin setzte, öffnete er einen Schrank und nahm eine Flasche Wein und zwei Zinnbecher heraus. »Und trinken, finde ich.«

Terence dachte daran, wie überrascht Sir Keie darüber gewesen war, dass Terence in Anwesenheit seines Herrn in einem Sessel gesessen hatte, und fragte: »Und wenn jetzt irgendein Höfling vorbeikommt und seht, dass Ihr mit mir zusammen trinkt?«

Gawain grinste. »Und was, wenn irgendeine Fee vorbeikommt und sieht, dass du mit mir zusammen trinkst? Wer wäre wohl schockierter?« Er schenkte Wein ein und dann aßen sie vor dem Feuer.

Eine Stunde später saßen sie noch immer zusammen, als leise an die Tür geklopft wurde und König Artus das Zimmer betrat.

Beide sprangen auf und Gawain sagte: »Majestät! Ich bin so froh, dass es Euch besser geht!«

Artus sah wirklich ganz anders aus als der erschöpfte König, der noch am Vorabend beim Bankett zusammengebrochen war. Der König lächelte höflich und sagte: »Danke. Ich fühle mich besser als seit Wochen. Bitte, setz dich, Neffe.« Gawain ließ sich wieder in seinen Sessel sinken, während Terence, der noch immer seinen Weinbecher in der Hand hielt, hinter seinen Herrn trat. Artus musterte den Becher und seine Augen funkelten.

»Ich komme zu dir, Gawain, weil ich letzte Nacht einen überaus seltsamen Traum hatte, während die

Ärzte meine Hand hielten und sich darüber stritten, wie bald ich sterben müsste. Es war zweifellos ein Fieberwahn, aber ich weiß noch, dass du in diesem Traum vorgekommen bist. Und du auch, Knappe Terence.«

»Wirklich, Sir?«, fragte Gawain höflich.

»Ja«, Artus nickte, »und es gab noch einen stummen Ritter und eine … eine Art Zauberin.«

»Ich hatte auch solche Träume, Majestät«, sagte Gawain und nickte langsam, »das kam vielleicht vom Branntwein.«

»Ich werde mir den Mundschenk vornehmen«, sagte Artus mit ernster Stimme. »Ich weiß nicht, wie der Traum ausgegangen ist, aber auf jeden Fall bin ich plötzlich aufgewacht und fühlte mich sehr viel besser. Ich werde wohl von dir geträumt haben, weil ich so glücklich über deine Rückkehr an meinen Hof bin. Ich danke euch beiden jedenfalls für eure Dienste.«

Gawain fiel auf die Knie und sagte: »Wir werden Euch immer zu Diensten sein, Majestät.«

»Auch in meinen Träumen?«, fragte Artus.

»Da ganz besonders, mein König«, murmelte Terence und machte eine Verbeugung.

Als er den Kopf wieder hob, hielt Terence den Atem an. Ihm ging plötzlich auf, dass er sich ganz spontan vor König Artus nur kurz und aus der Hüfte verbeugt hatte, wie Adelige das taten, und dass er dabei nicht in die Knie gegangen war, wie sich das für einen Diener gehört. Er wollte schon eine Entschuldigung stottern, doch ehe er etwas sagen konnte, erwiderte der König seine Verbeugung auf genau dieselbe Weise. Gawain hob die Augenbrauen, doch Artus lächelte nur und verließ das Zimmer.

»Ich schüre das Feuer noch mal und hole mehr Wein, Milord«, sagte Terence eilig.

Nachwort

Einige der besten Geschichten sind die alten, die Geschichten, die Generationen von Geschichtenerzählern immer weitergereicht haben. In vielen Ländern gehören die Geschichten über König Artus und die Ritter seiner Tafelrunde zu den beliebtesten und werden seit Hunderten von Jahren immer wieder aufs Neue erzählt. Zu diesen Geschichten gehören die über Artus' Neffen, Sir Gawain. Während ich vieles in diesem Buch frei erfunden habe – zum Beispiel die Gestalt meines Helden Terence –, stammen viele Episoden und Gestalten aus alten Berichten oder Sagen.

Einige Episoden habe ich aus *Le Morte d'Arthur* entliehen, einem umfassenden Werk von Artus-Sagen, die Sir Thomas Malory gesammelt und 1485 als Buch herausgegeben hat. Buch III und IV dieser Sammlung erzählen von Sir Tor, von dem Hirsch und Hund auf Artus' Hochzeitsfest, vom Aufstand der Fünf Könige, den drei Fahrenden Damen und Gawains Verwicklungen in die Liebeshändel zwischen Pelleas und Ettard. Dass Gawain entscheiden sollte, ob seine Dame schön oder abstoßend aussehen sollte, gehört auch zu den alten Sagen, ist in Malorys Sammlung jedoch nicht enthalten.

Geschichten, die so oft und von so vielen Erzählern berichtet werden, ändern im Laufe der Zeit immer wieder ihre Form. Und sogar die Hauptpersonen der Sagen verändern sich in diesem Prozess. In den allerfrühesten Geschichten ist Gawain der Größte aller Artus-Ritter. In einer wunderschönen, poetischen Geschichte, »Sir Gawain und der grüne Ritter«, heißt es über ihn: »Von allen Rittern auf Erden wird er geehrt.« Als Sir Thomas Malory sein Buch zusammenstellte, galt jedoch Sir Lancelot als der größte Ritter der Tafelrunde, und in Malorys Darstellung ist Gawain ein ziemlich grober und selbstsüchtiger Gesell von mäßigen Fähigkeiten. (Malory liefert sogar eine nützliche Liste aller Ritter, die Sir Gawain im Zweikampf besiegt haben.)

Nun habe ich wirklich nichts gegen Sir Lancelot – oder jedenfalls nicht viel –, aber ich habe mich immer über Gawains Degradierung geärgert. Der edle und bescheidene Ritter, den ich in Gedichten wie »Sir Gawain und der grüne Ritter« bewundert und geliebt habe, hat kaum noch Ähnlichkeit mit Malorys übellaunigem Gawain. Natürlich kann Malory als Geschichtenerzähler über seine Gestalten sagen, was er will, aber ich darf das eben auch. Und deshalb habe ich dieselben Geschichten erzählt wie er, doch ich erzähle sie auf andere Weise und versuche, den guten Ruf eines der edelsten Ritter aller Zeiten wieder herzustellen.

Ritter & Co.

Gerald Morris
Rache dem ruchlosen Ritter
240 Seiten
Hardcover
ISBN 3-551-55219-3

Gerald Morris
Die letzte Lanze für die Lady
240 Seiten
Hardcover
ISBN 3-551-55255-X

Gerald Morris
Platz für Parzivals Pagen
256 Seiten
Hardcover
ISBN 3-551-55256-8

Von kecken Knappen und ruchlosen Rittern ist hier die Rede, von abenteuerlichen Ritterfahrten und schlagkräftigen Damen aus fremden, zauberhaften Welten.

Gerald Morris erzählt in seinen Büchern die Artussage mit mehr als nur einem Augenzwinkern und einem Feuerwerk an Einfällen. Unbedingt lesen – die Bücher machen süchtig!

CARLSEN

www.carlsen.de